Berner Verhängnis

W0463559

Hans Suter wurde 1940 geboren. Der Schauspieler und Hörspielautor war jahrelang mit Satireprogrammen unterwegs. Ausserdem verfasste er Dutzende von Satiren, die auch in Buchform erschienen sind.

Dieses Buch ist ein Roman. Handlungen und Personen sind frei erfunden. Ähnlichkeiten mit lebenden oder toten Personen sind nicht gewollt und rein zufällig.

HANS SUTER

Berner Verhängnis

KRIMINALROMAN

emons:

Bibliografische Information der Deutschen Nationalbibliothek
Die Deutsche Nationalbibliothek verzeichnet diese Publikation in der Deutschen Nationalbibliografie; detaillierte bibliografische Daten sind im Internet über http://dnb.d-nb.de abrufbar.

MIX
Papier aus verantwortungsvollen Quellen
FSC® C083411
FSC
www.fsc.org

© Emons Verlag GmbH
Alle Rechte vorbehalten
Umschlagmotiv: age fotostock/Lookphotos
Umschlaggestaltung: Nina Schäfer, Tobias Doetsch
Gestaltung Innenteil: César Satz & Grafik GmbH, Köln
Druck und Bindung: CPI – Clausen & Bosse, Leck
Printed in Germany 2017
ISBN 978-3-7408-0214-1
Originalausgabe

Unser Newsletter informiert Sie regelmässig über Neues von emons:
Kostenlos bestellen unter
www.emons-verlag.de

Denn die grösste Torheit,
die ein Mensch begehen kann, ist,
wenn er mir nichts, dir nichts
durch Verzweiflung und Schwermut
sein Ende herbeiführt.

Miguel de Cervantes Saavedra
Spanischer Schriftsteller, 1547–1616

EINS

Meili stand auf, wischte sich mit der Papierserviette den Mund, legte sie zerknüllt auf den leeren Teller und ging zum Badezimmer. Dort wusch er sich die Hände, schaute in den Spiegel, fuhr mit einem Kamm durch das schon leicht ergraute Haar, das sich vorne etwas lichtete, rückte den Schlips zurecht, ging zur Garderobe, schlüpfte in die Schuhe, zog den Kittel an, verabschiedete sich flüchtig, nahm die Türklinke in die Hand, öffnete die Haustüre und liess sie hinter sich ins Schloss fallen.

Draussen hatte es zu regnen begonnen. Es lohnte sich aber kaum, den Schirm aufzuspannen. Er hastete zum Auto, das er gestern im Freien gelassen hatte, stieg ein und fuhr los.

***

Susanne, seine Frau, nun alleine, horchte kurz auf, als die Haustüre ins Schloss fiel, und räumte die Gedecke zusammen. Sie stand auf, tat die Butter und Konfitüre in den Kühlschrank, das Brot in den Brotkasten und stapelte das Frühstücksgeschirr zum Geschirr des gestrigen Abendessens in der Spülmaschine. Sie ging ins Badezimmer, wusch sich die Hände, cremte sie ein und schaute dabei in den Spiegel. Sie ging ganz nahe ran. Das tat sie öfter, um die Entwicklung der Fältchen zu beobachten. Eigentlich war sie ganz zufrieden mit ihrem Aussehen. Sie neigte etwas zu Übergewicht, was den Vorteil hatte, dass die Fältchen weniger sichtbar waren. Insgesamt sah sie mit ihren einundvierzig Jahren äusserst attraktiv aus. Sie war fast zehn Jahre jünger als ihr Gatte, der offensichtlicher zu Fettleibigkeit neigte. Ihre leicht rötlich gefärbten Haare band sie am Hinterkopf mit einem Gummiband zu einem Knoten und stellte sich ein paar Minuten unter die heisse Dusche. Sie frottierte ihren Körper, zog sich an und ging zum Putzschrank. Dem entnahm sie den Staubsauger und begann mit dem täglichen Saugen. Der Regen prasselte an die Fensterscheiben, und dazu blies ein heftiger Wind, der beinahe die Staubsaugergeräusche übertönte.

Bevor Susanne nach getaner Arbeit die Storen an den Fenstern in den Zimmern herunterliess, sah sie zwei fremdländisch aussehende männliche Gestalten mit einem Kind, die am Grundstück vorbei der Aare entlang vom Wohlensee herkommend Richtung Halenbrücke gingen. Vermutlich Menschen aus dem Asylzentrum gleich neben der Brücke, dachte sie. Die zwei Männer schienen in ein Streitgespräch vertieft, der eine gestikulierte wie wild. Susanne fragte sich, was die wohl vorhatten und weshalb sie bei diesem Sauwetter spazieren gingen. Da sie sich aber entfernten und ein Kind dabei war, beunruhigte sie das nicht. Sie legte sich auf das Sofa, schloss die Augen und döste vor sich hin, masturbierte ein wenig, und nach einer geraumen Weile, während der sie nur ein leises Scheppern des Bleches, mit dem draussen ein Stapel Holz abgedeckt war, hörte, schlief Susanne ein.

***

Die Strasse, die nach der Halenbrücke mitten durch den Wald zur Stadt hineinführte, war nass und voller Blätter und Zweige. Ab und an flatterte ein feuchtes Blatt an die Windschutzscheibe. Meist wurde es vom Fahrtwind wieder weggeblasen.

Es regnete jetzt kräftig. Meili schaltete den Scheibenwischer ein. Eines der Blätter blieb zwischen Windschutzscheibe und Scheibenwischer kleben und wurde, statt entfernt, nur hin- und hergeschoben. Er fluchte und spritzte Scheibenwischflüssigkeit, aber das Blatt liess sich nicht wegspülen. Er fuhr inzwischen so langsam, dass hinter ihm ein Hupkonzert losging.

Schliesslich hielt er am Strassenrand an und entfernte das Blatt von Hand. Die Fahrer hinter ihm schauten genervt, und einige schüttelten den Kopf oder machten mit den Fingern Zeichen, die Meili wegen der nassen Scheiben jedoch nicht präzise deuten konnte. Er stieg wieder in seinen Wagen, fluchte nochmals kräftig vor sich hin, weil an den Schuhen Dreck und Blätter klebten. Ihm blieb keine Zeit, die Schuhe wenigstens einigermassen zu reinigen, denn inzwischen goss es wie aus Kübeln. Er machte schnell die Türe zu, entnahm dem Handschuhfach einen Lappen und trocknete sich die Hände. Dann zündete er sich eine Zigarette an, nahm zwei, drei Züge und fuhr wieder los.

Bald war der Scheibenwischer nicht mehr imstande, klare Sicht herzustellen. Sehen konnte Meili praktisch nichts mehr. Ein orkanartiger Windstoss, begleitet von Blitz und Donner, fuhr über dem Bremgartenwald vor ihm hin, und viele Bäume wurden umgerissen oder brachen auf halber Höhe. Einige Bäume stürzten gar quer über die Fahrbahn. Meili hielt an, legte den Rückwärtsgang ein, um dem Hindernis und den durch die Luft fliegenden Ästen auszuweichen. Kaum war er einige Meter rückwärtsgefahren, krachte ein durch die Luft wirbelnder Ast auf die Windschutzscheibe, die in tausend kleine Risse zersprang und ihm augenblicklich jede Sicht raubte. Das Glas bog sich nach innen, und die Splitter hielten erst, wie mit einer Folie verklebt, zusammen, um bei der nächsten Bö krachend ins Innere des Wagens zu springen. Glücklicherweise hatte Meili geistesgegenwärtig die Arme vor das Gesicht gehalten, sodass nur Ellbogen und Unterarme einige Schürfungen abbekamen. Wind und Regen peitschten ihm dergestalt ins Gesicht, dass er innerhalb weniger Sekunden klatschnass war.

Nach kurzer Zeit stand das Interieur samt den vorderen Sitzen des Autos unter Wasser, und Meili versuchte sich im hinteren Teil des Wagens in Sicherheit zu bringen. Der Wind war inzwischen so stark geworden, dass sein Auto erst langsam, dann immer schneller auf der überfluteten Strasse in die Richtung geschoben wurde, aus der er gekommen war. Dann wurden die Räder von einem grossen Ast gestoppt, und der Wagen drehte sich um die eigene Achse, sodass die intakte Heckscheibe gegen den Sturm stand. Meili stieg wieder über die Rücklehnen zum Fahrersitz und versuchte den Wagen zu starten, dabei stellte er fest, dass der Motor die ganze Zeit im Leerlauf gedreht hatte. Die Wassermassen, die wegen der fehlenden Windschutzscheibe ins Auto strömten, waren beträchtlich. Seine Füsse standen zentimetertief im Wasser. Er versuchte, auf die rechte Strassenseite zu fahren, was ihm halbwegs gelang. Die Scheinwerfer funktionierten nicht mehr, die Windschutzscheibe fehlte, deshalb sah Meili immer erst im letzten Moment, wenn etwas auf der Strasse lag. Blitze erhellten für Sekundenbruchteile die Gegend, und er konnte sehen, dass an ein Weiterfahren über kurz oder lang nicht zu denken war. Die Strasse war blockiert von quer gestellten oder gar auf der Seite liegenden Autos, Schlamm und Schwemmgut. Die meisten Lenker und Beifahrer sassen in ihren Wagen im Trockenen. Diejenigen aus den umgestürzten Autos standen schlotternd daneben. Sie konnten sich kaum auf den Beinen halten. Einige stürzten, schrien oder versuchten hinter umgekippten Autos in Deckung zu gehen. Es gab Verletzte, die von Fahrern, deren Wagen intakt geblieben waren, aufgenommen wurden. Meili stellte seinen Wagen am Strassenrand ab. Als er ausstieg, schleuderte ein orkanartiger Windstoss seinen Wagen von der Strasse und kippte ihn auf die Seite, wo er von einem Stapel meterlangen Buchenholzes gestoppt wurde.

***

Susanne erwachte ob dem Lärm, den das durch den Wind geschüttelte Wellblech draussen verursachte. Sie war sich im ersten Moment nicht sicher, ob sie wach war oder träumte. So sass sie wie gebannt eine Zeit lang auf dem Rand des Sofas und starrte nach draussen, wo sich die Hollywoodschaukel im Winde bewegte. Ein Gartenstuhl lag umgestürzt daneben. Ein Stück Alufolie, das wohl von einem letzten Grillabend übrig geblieben war, wirbelte durch die Luft. Normalerweise waren die Gartenmöbel in einem kleinen Pavillon gelagert, wo auch sämtliche Werkzeuge für den Unterhalt des Gartens aufbewahrt wurden. Dieser Pavillon war ein Überrest des herrschaftlichen Gutes, das früher auf diesem Grundstück gestanden hatte. Als sie es kauften, hatten sie dieses robuste, aus Granit gebaute Gartenhaus stehen gelassen. Dem konnte der Wind wenig anhaben. Jedoch blies er zwischen dem Blechdach und dem aufgestapelten Brennholz hindurch, und die Drähte, mit denen es befestigt war, lösten sich mehr und mehr.

Susanne schaute gebannt und verängstigt aus dem Fenster und befürchtete, dass das Blech nächstens weggerissen würde, auf das Haus zuflöge und dort einigen Schaden anrichten könnte. Der Wind hatte aber plötzlich gedreht. Das Wellblechdach, an den Drähten hängend, bewegte sich jetzt frei in der Luft und wirkte wie ein Segel. Die Drähte führten um den Stapel Brennholz herum, und im selben Moment, als der Holzstoss umkippte, drehte der

Wind erneut, und das Dach kam genau unter dem fallenden Birkenholz zu liegen. Susanne atmete auf.

***

Inzwischen hatten sich die Feuerwehr, Abschlepp- und Rettungsfahrzeuge Wege durch das Chaos gebahnt. Mit einem riesigen Trax waren die umgekippten und beschädigten Fahrzeuge zur Seite geschoben worden. Meilis Wagen brauchte nur wieder auf die Räder gestellt zu werden; ausser Blechschäden und der zerbrochenen Windschutzscheibe war er fahrtüchtig. Nachdem die Bäume und die vielen Äste weggeräumt waren, konnten die Leute mit ihren Autos erst in Richtung Stadt wegfahren, bald darauf auch in die Gegenrichtung.

Die meisten Glassplitter waren im Auto drin, die wenigen, die auf der Strasse lagen, konnten keinen grossen Schaden anrichten, zudem war auch schon die Strassenreinigung unterwegs. Als Meili wieder zurückfuhr, regnete es zum Glück nicht mehr. Der Fahrtwind schlug ihm zwar heftig ins Gesicht, aber es war Juli und schwülwarm.

Zu Hause angekommen, fuhr er als Erstes das Auto seiner Frau aus und das demolierte Auto in die Garage, umrundete sein Wrack zweimal mit besorgtem Blick, ging nach draussen und schlug wütend das Garagentor zu. Er schaute sich das Chaos an, das der Sturm in seinem Garten angerichtet hatte, ging zur Haustüre, öffnete sie und trat ein.

«Zieh die Filzpantoffeln an», rief ihm Susanne zu.

Die Filzpantoffeln standen zwischen Garderobe und Schirmständer. Er zog seinen Kittel aus, stellte seine Aktenmappe neben den Schirmständer, schlüpfte in das Paar Hausschuhe und glitt auf dem frisch gebohnerten Parkett ins Badezimmer, um sich die Hände zu waschen.

ZWEI

Fahnder Max Freuler war etwas zu früh auf dem Weg zur Arbeit. Endlich wieder einmal ein Tag ohne Regen, dachte er. Die Aare floss zwar immer noch ziemlich wuchtig und in brauner Farbe unter der Nydeggbrücke durch, sodass sich das Wasser an den Pfeilern der Untertorbrücke aufbäumte. Als er die Nydeggbrücke überquert hatte und die sonnenbeschienene Terrasse des Hotels Belle Epoque vor sich sah, konnte er nicht widerstehen. Er setzte sich auf einen der Stühle und bestellte einen Kaffee. Seinen Harris-Tweed-Veston, den er bei kühleren Temperaturen meist zu seinen leicht verwaschenen Jeans trug, hätte er heute zu Hause lassen können. Er zog ihn aus und legte ihn neben sich auf einen Stuhl.

Eigentlich hätte er jetzt gerne eine Zigarette geraucht, aber er erinnerte sich an die Vereinbarung, die er mit seiner Kollegin Petra Coric getroffen hatte: Geraucht wird erst nach dem Mittagessen, mit wenigen Ausnahmen. Er trank seinen Kaffee, blinzelte etwas in die Sonne, legte einen Fünfliber auf den Tisch, schob den Zeigefinger in den Aufhänger des Vestons, warf ihn sich lässig über die Schulter und schlenderte unter den Lauben die Gerechtigkeitsgasse hoch Richtung Waisenhausplatz.

Es waren schon erstaunlich viele Menschen unterwegs. Rentner, die gewohnheitsmässig früh aufgestanden waren, Frauen mit Einkaufstaschen, Geschäftsleute, die ins Büro eilten, und Strassenmusikanten und Bettler, die am Boden sassen mit einem Becher vor sich, in den der eine oder die andere sein lästiges Münz warf. Auch Kinder mit Schulrucksäcken waren unterwegs, und in der Kramgasse wurde er von einem jungen Mann gerammt, der nicht auf den Weg vor sich schaute, sondern auf sein Smartphone vor dem Gesicht. Entschuldigen tat er sich nicht, im Gegenteil, er machte eine Geste, die heissen sollte: Können Sie nicht aufpassen. Beim Zytglogge hielt eine Gruppe Touristen ihre Smartphones in die Höhe, um durch den Sucher den Stundenschlag abzuwarten. Einige standen mit dem Rücken zum Zytgloggeturm, den Selfiestick in der Hand. Auf der Gegenseite des Turmes konnte Freuler beobachten, wie ein asiatischer Tourist und ein Pissoirbesucher in eine laute Auseinandersetzung und ein kurzes Handgemenge verwickelt waren. Der Tourist hatte wohl im selben Moment, als der Mann seitlich aus dem Urinoir kam und dabei war, den Reissverschluss seines Hosenladens zu schliessen, ein Foto gemacht. Erst als der Tourist dem Pissoirbesucher demonstrierte, wie er das Foto wieder löschte, schien sich der in seiner Intimsphäre Angegriffene zu beruhigen.

Als Freuler bei der Hauptwache ankam, standen zwei Kollegen vor dem Eingang, wo an der Aussenmauer ein Aschenbecher angebracht war, und rauchten. Um einen möglichst souveränen Eindruck bemüht und mit leichter Verachtung ging Freuler an den beiden Rauchern vorbei, grüsste freundschaftlich und stieg dann die Treppe hoch zum Büro. Dort sass Petra Coric bereits an ihrem Arbeitsplatz. Sie begrüsste Max Freuler mit einem Lächeln, was ihn jeden Tag aufs Neue erfreute. Wenn sie jeweils zu zweit auf Streife unterwegs waren, hätte man sie für Vater und Tochter halten können. Coric war einunddreissig und Freuler achtundfünfzig. Sein gleichaltriger früherer Kollege Liechti, den man wegen Unregelmässigkeiten suspendiert hatte, war jeweils entweder zu spät gekommen oder hatte ihn, wenn er zufälligerweise vor Freuler da war, ohne Guten Tag zu sagen mit belanglosen Neuigkeiten überfallen. Coric trug ein paar Jeans und eine lockere

Leinenbluse, die zufälligerweise fast vom selben Hellgrau war wie Freulers Hemd. Im Gegensatz zu ihm trug Coric die Bluse über den Hosen, damit die obligate Pistole nicht sogleich bedrohlich sichtbar war. Vor sich auf dem Tisch hatte sie Fotos zweier vermummter Jugendlicher, die bei einer kürzlich stattgefundenen Demonstration mit Holzlatten auf einen Polizisten einprügelten.

«Wie willst du ein Vermummungsverbot durchsetzen, wenn du die Vermummten wegen der Vermummung nicht erkennst?», kalauerte Coric.

«An der Kleidung?», erwiderte Freuler mehr scherzhaft als ernst.

«Gute Idee. Oder wie ein Onkel von mir jeweils sagte, wenn ich glaubte, jemanden entdeckt zu haben, der einer uns bekannten Person ähnelte: ‹Ja, er gleicht ihm, er hat auch Haare.›»

«Reiss ihm die Maske vom Gesicht», sagte Freuler und wandte sich seiner Arbeit zu, einem unaufgeklärten Raubüberfall auf die Kasse des Kiosks im Marzilibad. Es war an einem nicht besonders schönen Tag letzte Woche gewesen. Ausser den Unermüdlichen, die sich täglich, einige sogar im Herbst und Winter, in die Aare stürzten, hatte es wenig Badegäste. Kaum jemand am Schalter, der eine Glacé kaufte oder einen Schlüssel für ein Garderobenkästchen leihen wollte. Freuler wusste nur, dass sich die Frau am Schalter kurz entfernt hatte, um etwas zu holen, als ihr der Räuber auflauerte und ihr, als sie zurückkam, mit dem Stiel eines Badminton-Rackets über den Kopf schlug, alles Geld aus der Kasse entwendete und in ein Tupperware steckte. Viel war nicht drin. Insgesamt, neben einem Stock von Kleingeld und einigen Noten, wenige Einnahmen. Bevor ein Bademeister oder ein Badegast etwas bemerkte, hatte sich der Räuber über die Wiese davongemacht und liess sich nach einem Kopfsprung in die Aare den Fluss abwärtstreiben.

Die Frau, die den Schlag auf den Kopf erhalten hatte, war nur leicht benommen und rief die Polizei. Als die nach einer Viertelstunde ankam, war der Räuber längst verschwunden gewesen. Zwei Rentner, die auf dem Uferweg unterwegs waren, hatten der Polizei mitgeteilt, dass sie zur selben Zeit einen Schwimmer beobachtet hätten, der plötzlich abgetaucht sei. Auftauchen hätten sie ihn nicht mehr gesehen. Das veranlasste die Polizei, Tauchgänge zu machen. Gefunden wurde nur die Tupperwaredose samt der Beute. Vermutlich war sie dem Dieb aus den Händen gefallen, und er hatte versucht, sie tauchenderweise zu holen und war dabei ertrunken. Er würde irgendwann beim Schwellenmätteli oder weiter flussabwärts gefunden werden. Oder die zwei Rentner hatten nicht bemerkt, wie der unglückliche Räuber an Land geschwommen und abgehauen war.

Und tatsächlich wurde am Ufer bei der Dalmazibrücke, wo der Mann möglicherweise seine Kleider deponiert gehabt hatte, eine Badehose gefunden, die wohl in der Eile liegen geblieben war.

«Der kann in die Reihe der dümmsten Einbrecher aufgenommen werden», sagte Freuler.

Coric, die in ein anderes «Geschäft» vertieft war, hatte im Moment keine Ahnung, von was ihr Kollege gerade sprach, und sagte: «Wen willst du was?»

«Den Marziliräuber in die Liste der dümmsten Räuber aufnehmen.»

«Man kennt ihn ja gar nicht.»

«Petra, die Liste ist doch anonym.»

«Ach so … Und wie willst du jemanden in eine Liste aufnehmen, wenn er anonym ist?»

«Nur die Dummheit wird aufgelistet.»

«Ach so», sagte Coric geistesabwesend und wandte sich wieder den vermummten Jugendlichen zu, von denen auch nur ihre Rempeleien und Sachbeschädigungen aufgelistet werden konnten. «Das Institut für Rechtsmedizin wird eine Zeit lang brauchen, bis es feststellen kann, ob die DNA auf der Plastikdose und den Badehosen übereinstimmt», sagte Freuler. «Aber der Mann mit der verlorenen Beute ist möglicherweise nicht ertrunken.»

***

Meili erwachte nicht wie üblich davon, dass um sechs Uhr dreissig die elektronische Version von Mozarts «Rondo alla turca» ertönte. Er hatte den Wecker nicht eingestellt. Es war schon halb acht. Trotz geschlossenem Fenster hörte Meili, wie draussen die Elstern krächzten. Schon oft hatte er versucht, diese lästigen Vögel zu vertreiben, hatte glänzende Folien aufgehängt oder Platzpatronen abgefeuert – ohne Erfolg, die Elstern blieben. Jetzt hatten sie offenbar eine Krächzpause eingelegt, somit hörte er auch andere Singvögel, die wesentlich schöner sangen. Durch einen Spalt, der zwischen den nicht vollständig zugezogenen Vorhängen entstanden war, schien die Sonne und machte winzige frei schwebende Partikel in der Luft sichtbar. Er wunderte sich, dass ihm das bis anhin nie aufgefallen war, obwohl die Sonne schon oft geschienen hatte und auch die Vorhänge häufig nicht vollständig zugezogen waren.

Meili erhob sich und streckte die Arme in die Luft, dabei rutschte die Pyjamahose runter, die bei entspannter Haltung über dem Bauch gehalten hatte. Er zog sie wieder hoch und ging zum Fenster. Er sah den umgestürzten Stapel Holz und das Blech, das am Boden lag. Alufolien wirbelten im Wind. Meili vermutete, dass es Stücke jener Alufolie waren, die er zur Abschreckung gegen die Elstern an der Konifere befestigt hatte oder solche, die sie beim Grillieren von Gemüsen verwendet hatten. Er streckte sich nochmals, und die Hose fiel wieder bis zu den Knien. Er zog sie hoch und ging ins Badezimmer, wo er Wasser löste, das Gesicht unterm laufenden Wasserhahn bespritzte und sich die Hände wusch. Zurück im Schlafzimmer, zog er die Trainerhose an. Die Pyjamahose legte er über den rechten Arm und ging barfuss in die Küche nebenan. Gefrühstückt wurde werktags dort, nur sonntags im Wohnzimmer. Die Pyjamahose legte er im Vorbeiweg auf einen freien Stuhl. Dann ging er zum Frühstückstisch und begrüsste Susanne: «Der Gummi der Pyjamahose ist locker.»

«Wo hast du sie hingetan?»

Er deutete mit dem linken Zeigefinger zum Sofa, das von der Küche aus zu sehen war. Susanne schenkte Kaffee ein. Sie hatte ein Zopfgebäck aufgeschnitten. «Weshalb bist du noch nicht angezogen und gehst barfuss?», fragte sie.

Er hob nur leicht die Schultern und schaute zu seinen Füssen. Mehr erstaunte Meili jedoch, weshalb Susanne sich nicht wunderte, dass er zu Hause blieb und nicht zur Arbeit ging. Meili dachte, sie dächte, das sei nicht verwunderlich nach diesem Unwetter. Nachdem er Butter auf das Stück Zopfgebäck geschmiert hatte, tat er Himbeerkonfitüre drauf, die Susannes Mutter jeweils gemacht hatte, wenn sie im Sommer für eine Woche auf Besuch gewesen war. Seit sie in einem Altersheim lebte, würden sie darauf verzichten müssen.

Meili erzählte, dass es auf der Strasse gestern sogar Verletzte gegeben habe und die Aufräumarbeiten kaum schon abgeschlossen seien. Das Auto sei zerbeult und die Windschutzscheibe geborsten. Ansonsten sei der Wagen fahrtüchtig. Susanne meinte, der Frühling sei lange genug zu trocken gewesen. Das stimme, und deshalb würde jetzt alles miteinander herunterkommen, sagte er. Logisch sei das nicht, aber ihr fiele nichts Besseres ein. Wenn es keine grösseren Differenzen zwischen ihnen gebe, sei er ganz zufrieden, sagte er mit einem fein merklichen Unterton.

Meili rief im Geschäft an, dass er heute nicht zur Arbeit erscheinen könne, das Auto sei defekt, auch sei die Strasse zur Halenbrücke verschüttet. Die Telefonistin in der Finanzverwaltung nahm das zur Kenntnis und sagte, er sei nicht der Einzige, der nicht zur Arbeit gekommen sei, vermutlich seien die Aufräumarbeiten auf den Strassen noch nicht abgeschlossen.

Meili zog sich die offenen Gartenschuhe an und ging hinaus, um die Ordnung um das Haus wiederherzustellen. Als Erstes sammelte er die überall im Rasen herumliegenden Aluminiumfolien zusammen, die er später entsprechend zu entsorgen gedachte. Dann beschäftigte er sich damit, das Blech über dem Cheminéeholz wieder in die ursprüngliche Position zu bringen. Beidseits des Holzstapels schlug er einen Pfosten in den Boden, woran er ein weiteres Stück Draht befestigte, um die Abdeckung zusätzlich vor Wind und Wetter zu fixieren. Nach getaner Arbeit betrachtete er sein Werk und war für einen kurzen Augenblick ganz zufrieden damit.

Lange hielt die Zufriedenheit nicht an. Je länger er nämlich am selben Ort auf dem Rasen stehen blieb, umso mehr hatte er den Eindruck, dass er immer tiefer mit den Schuhen in dem aufgeweichten Untergrund versank. Zum Glück nur einige Zentimeter. Trotzdem war es beängstigend. Das Haus war am Abhang, der zur Aare hinunterführte, gebaut. Rings ums Haus war eine grössere Fläche eingeebnet, wo sich – wenn es längere Zeit regnete – das Wasser sammelte und normalerweise weiter den Abhang hinunterfloss. Bei jedem Schritt, den er tat, gluckste es, und er musste aufpassen, nicht auszugleiten.

Es hatte wieder angefangen zu regnen. Das Wasser lief in seine Schuhe, und er verfluchte sich, weil er es unterlassen hatte, seine Gummistiefel anzuziehen. Die standen nutzlos in der Garage oder im Gartenpavillon. Meili war auf dem Steinplattenweg, der um das Haus herumführte, angelangt.

Auch hier war das Gehen eine wacklige Angelegenheit. Er gelangte schliesslich zum betonierten Gartenvorplatz, wo ein Tisch und vier Stühle standen. Dort setzte er sich erst mal auf einen der Stühle und zog sich die nassen Schuhe und Socken aus.

Susanne war zur Balkontüre gekommen und wunderte sich über ihren Ehemann, der barfuss auf einem Gartenstuhl sass. Er deutete nur auf seine nassen Socken und die dreckigen Schuhe. Als er aufstehen wollte, deutete sie ihm, sitzen zu bleiben. Sie ging zurück ins Haus und kam mit einem Handtuch, einem Paar Socken und den Filzpantoffeln zurück. Er zog sich die Socken über die Füsse und schlüpfte in die Filzpantoffeln. Dann ging er, mit ständigem Blick auf den Boden, vermeidend in den Dreck zu treten, den er hinterlassen hatte, vorsichtig zurück ins Haus. Susanne ging hinter ihm her, weil sie seiner Vorsicht nicht ganz traute. Es habe eben wirklich geschüttet gestern, meinte Meili, auch schon die Nacht zuvor, sodass der Boden nicht mehr imstande gewesen sei, noch mehr Wasser aufzunehmen. Trotzdem wunderte er sich, woher das viele Wasser kam.

Drinnen setzte er sich erschöpft auf das Sofa im Wohnzimmer. Susanne brachte ihm eine Tasse heissen Tee. Also blieb er erst mal sitzen und nahm einen kleinen Schluck des Pfefferminztees, während sie nochmals in die Küche ging, um auch für sich eine Tasse Tee zu holen. Die zwei bedauerten nochmals den desaströsen Zustand des Gartens, insbesondere des Rasens, und Susanne war der Meinung, dass man vom Gartensitzplatz aus einen neuen Steinplattenweg zum Gartenpavillon und zum Cheminéeholz hin anlegen sollte.

Etwas ungehalten machte Meili seine Frau darauf aufmerksam, dass man momentan auf diesen unsicheren Grund keine Granitsteinplatten legen könne, da müsse erst ein Fundament dafür gelegt werden, was aufwendig sei und teuer zu stehen käme. Sie meine ja nur, sagte sie leicht düpiert, dieses Wetter würde irgendwann auch zu Ende sein, trank ihren Tee aus und ging zurück in die Küche.

Diese Gelegenheit nutzte Meili, um aufzustehen und sich durch den Treppenabgang zur Garage zu begeben. Sein Auto würdigte er keines Blickes. Er schlüpfte in die Stiefel, zog sich die Plastikpelerine über sowie einen Hut und ging durch das Garagentor und über den aufgeweichten Rasen zum Gartenhaus. Dort nahm er einen der stapelbaren Stühle vom Stapel, setzte sich darauf und zündete sich die lange ersehnte Zigarette an. Lustvoll blies er einige Male den zuvor inhalierten Rauch aus der Lunge und lauschte dem immer stärker einsetzenden Prasseln des Regens auf das Blechdach. Er stand auf und wischte mit einem dort herumliegenden Lappen den Staub und die Spinnweben von dem einen kleinen Fenster, um nach draussen zu schauen. Dort auf dem Fenstersims, völlig verstaubt, lag ein Zauberwürfel. Er nahm ihn in die Hand, wischte mit dem Lappen den Staub weg und blies in die Ritzen zwischen den einzelnen farbigen Kuben. Dann versuchte er, eine Farbe auf eine Seite zu bringen, drehte und drehte und gab es bald wieder auf. Früher hatten sie oft Nichten und Neffen zu Besuch gehabt, die manchmal sogar in den Ferien hier weilten, die hatten den Zauberwürfel liegen gelassen. Seit Jahren kam kaum mehr Besuch.

Er verspürte keinerlei Lust zurückzugehen, um nochmals völlig durchnässt im Haus anzukommen. Es gab hier ein kleines Cheminée. Daneben war das schon verarbeitete Holz für das Cheminée im Wohnzimmer aufgestapelt. Weshalb nicht hier ein kleines Feuerchen machen, dachte Meili. Er legte ein paar Späne zurecht und zündete sie mit seinem Feuerzeug an. Es loderte bald heftig, und er konnte einige kräftige Birkenscheite nachlegen. Er warf den Zigarettenstummel in die Flammen. Der kleine Raum erwärmte sich bald. So sass er eine Zeit lang auf dem Stuhl, drehte nochmals am Zauberwürfel, aber es gelang ihm nicht, mehr als eine Seite mit gleichfarbigen Kuben hinzudrehen, und er tat den Würfel wieder auf den Sims zurück. Er legte etwas Holz nach und verspürte plötzlich eine grosse Müdigkeit. Seine Frau war mit Hausarbeiten beschäftigt und vermisste ihn kaum. Ein zusammenklappbares Liegebett mit einer dünnen Matratze drauf lehnte an der Wand. Er klappte es auf und legte sich hin. Die Geräusche des Regens hatten eine beruhigende Wirkung und machten keinerlei Anstalten auszusetzen. Er schlief ein.

***

Susanne kam lange Zeit gar nicht auf die Idee, ihren Ehemann zu vermissen. Es gab so viel zu tun. Trotz Vorsicht und Filzpantoffeln war einiges an Schmutz ins Haus geschleppt worden. Der Boden unmittelbar vor dem Durchgang zum Gartensitzplatz musste aufgewischt und wieder gebohnert werden. Sie nahm den Staubsauger aus der Besenkammer und begann die Wohnung in Angriff zu nehmen. Sie saugte erst die zwei Schlafzimmer; das Ehepaar schlief getrennt. Sie konnte sich kaum noch erinnern, wann sie das letzte Mal miteinander geschlafen hatten. Vielleicht vor zwei Monaten. Die Intervalle waren im Laufe der Jahre immer grösser geworden, und die Hoffnung auf Nachwuchs hatten sie irgendwann aufgegeben.

Zuletzt nahm sie das Wohnzimmer in Angriff. Dann zog sie den Stecker aus der Dose, und das Kabel wurde selbstständig in den Schlitten hineingesogen. Sie verstaute den Staubsauger in der Besenkammer.

***

Das Feuer im Cheminée war ausgegangen, Meili erwachte, weil ihn fröstelte. Er setzte sich auf, schaute auf die Uhr und wunderte sich, wie lange er geschlafen hatte. Beinahe eine Stunde. Er sollte gelegentlich zurückgehen, dachte er, bevor Susanne ihn vermissen würde. Dann stülpte er sich die Pelerine über, setzte den Hut auf und trat ins Freie. Der Boden war matschiger als beim Hinweg. Er fluchte. Er vermied es, zum Gartensitzplatz zu gehen, um von dort ins Haus zu gelangen, sondern ging direkt in die Garage. Dort entledigte er sich der Pelerine und des Hutes, zog die Stiefel aus, die Filzpantoffeln an und schlurfte zur Wohnung hoch. Es roch nach Mittagessen. Dem Geruch nach zu schliessen etwas mit Käse. Hoffentlich kein Fondue, dachte er. Er ging in die Küche und blickte in den beleuchteten Backofen, wo sich ein Käsekuchen befand. Auf dem Herd stand eine Pfanne, worin eine Gemüsesuppe leicht köchelte. Im Wohnzimmer war bereits aufgedeckt.

Susanne kam eben aus dem Badezimmer und ging in die Küche, wo sie die Suppe in eine hübsche Terrine goss, die sie im Wohnzimmer auf den Tisch stellte. Sie ging wieder zurück, schaute in den Backofen, fand, dass der Kuchen noch einige Minuten drinbleiben müsse. Sie nahm einen Schöpflöffel, der in einer Schublade lag, und kam zurück zum Esstisch. Sie tauchte die Schöpfkelle in die Suppe und füllte erst seinen und dann ihren Teller. Die Suppe sei gut wie immer, fand er. Susanne holte den Käsekuchen und den Salat. Meili ass schweigend. Es schmeckte ihm.

Während sie mehr oder weniger entspannt beim Kaffee sassen, brummte sein Handy. Das Sekretariat des Finanzdepartements teilte ihm mit, sie hätten Verständnis dafür, dass er am Morgen nicht zur Arbeit gekommen sei wegen der Verwüstungen an Strassen und Bahnlinien. Soviel man wisse, seien aber bereits fast alle Hindernisse behoben, Geröll, Bäume und Äste an der Neubrückstrasse weggeräumt. Die meisten Angestellten seien heute Nachmittag wieder erschienen. Sie liess Meili gar nicht zu Wort kommen und fuhr fort, es sei unabdingbar, dass er zumindest morgen zu dieser wichtigen Budgetsitzung erscheinen würde.

Hier draussen sei eine einzige Sumpflandschaft, antwortete Meili, es sei unmöglich, mit dem Auto wegzufahren.

Den einen freien Tag würde er mit den vielen Überstunden kompensieren.

«Es gibt auch öffentliche Verkehrsmittel, oben bei der Halenbrücke halten sogar mehrere Postautos.»

«Ich werde es versuchen. Es ist aber ein viertelstündiger Fussmarsch bis zur Busstation, und ich muss auch einmal umsteigen. Falls ich morgens bis um neun nicht zur Arbeit erschienen bin, stecke ich im Sumpf fest», gab Meili lakonisch zur Antwort und legte auf.

Seine Frau, die mitgehört hatte, sagte: «Ist das nicht etwas übertrieben?»

«Ich versuche es erst einmal mit dem Auto.»

«Ohne Windschutzscheibe?»

«Bis zur nächsten Werkstatt müsste ich ohnehin mit dem Auto fahren, um sie ersetzen zu lassen.»

«Mach, was du willst.»

«Mach ich.»

Susanne begann das Kaffeegeschirr abzuräumen, und Meili ging in die Garage, um sein Auto zu begutachten. Seit er gestern nach Hause gekommen war, hatte er sich nicht mehr darum gekümmert. Zuerst setzte er sich hinein, stand aber sogleich wieder auf, der Sitz war immer noch komplett mit Wasser getränkt. Nachdem er ein Stück Plastik daraufgelegt hatte, setzte er sich wieder hinein, drehte am Anlasser. Der Wagen lief. Der Motor schien keinen Schaden genommen zu haben. Aber ohne Windschutzscheibe würde er unmöglich wegfahren können. Mit einem batteriebetriebenen Autostaubsauger entfernte er erst all die vielen Glassplitter, die überall im

Auto verstreut waren. Er überlegte, ob er nicht eine Art Provisorium befestigen könnte. Im Bastelraum fand er ein grosses Stück Plexiglas, das beinahe so durchsichtig war wie Glas. Meili hatte das vor Jahren einmal gekauft, um ein Treibbeet abzudecken. Ein Relikt aus der Vergangenheit, als sie versucht hatten, Gemüse zu pflanzen und die Setzlinge selber zu ziehen, was jedoch völlig misslang. Susanne hatte es einmal unterlassen, gegen Mittag das Plexi zu entfernen. Die pralle Sonne, durch dieses verstärkt, hatte die zarten Pflänzlein ausgetrocknet und zerstört. Dieses Plexiglas klebte er mit Sekundenkleber und Klebeband als provisorische Windschutzscheibe an der Karosserie fest. Er setzte sich abermals ins Auto, startete den Motor, machte die Heizung an, stieg aus, schloss die Autotüre, ging aus der Garage, deren Tor er offen liess. So hoffte Meili, das Interieur etwas auszutrocknen. Er stieg die Treppe hoch zur Wohnung, wo er den Föhn aus dem Badezimmer zu holen gedachte, um zu versuchen, damit den Autositz zu trocknen. Oben angekommen, sah er, wie seine Frau die Fenster schloss, die sie zuvor geöffnet hatte, um etwas zu lüften, was sie täglich drei-, viermal tat.

«Weshalb stinkt es so nach Abgas?», fragte sie.

«Ich kann das Garagentor nicht ganz schliessen.»

«Weshalb nicht?»

«Weil der Motor läuft.»

«Du spinnst wohl.»

«Ohne geht die Heizung nicht.»

«Willst du uns umbringen?»

«Hock du dich doch auf den triefend nassen Autositz.»

«Du kannst ja ein Plastik drauflegen.»

«Ich will, dass er austrocknet. Ich kann nicht warten, bis endlich wieder einmal die Sonne scheint. Ich muss morgen zu dieser Budgetsitzung.»

«Irgendwann wird er wohl austrocknen.»

«Irgendwann ...», sagte er lakonisch, ging ins Badezimmer, nahm den Föhn vom Haken und ging zur Kellertreppe.

Sie rief ihm hinterher: «Pass auf!»

In der Garage stellte er den Motor ab, öffnete alle Autotüren, schloss den Föhn an der Steckdose an und begann mit dem Versuch, damit den Sitz zu trocknen. Das Anblasen des Autositzes trug kaum etwas zu dessen Trocknung bei, und es ermüdete ihn. Er stapfte durch den aufgeweichten Boden zum Pavillon. Dort setzte er sich auf das Liegebett und zündete eine Zigarette an. Die Türe liess er offen. Er nahm aber nur zwei, drei Züge, drückte dann die Zigarette im Cheminée aus und sah dann, wie sich der Briefträger in Gummistiefeln mühsam zum Haus zubewegte. Er verliess den Pavillon und ging hinüber. Der Briefträger plauderte dort mit Susanne, die am Fenster stand.

«Guten Tag», sagte Meili, «sind Sie zu Fuss hierhergekommen?»

«Ja, unmöglich mit dem Elektromobil», antwortete der Briefträger, «gleich nach der Strassengabelung ist ein Teil des Hanges abgerutscht. Die Strasse voller Morast. Vielleicht mit einem 4x4 …»

«Sie glauben, dass das möglich wäre?»

«Ich denke schon. Übrigens. Was ich Ihnen noch sagen wollte: Ich muss mein Knie operieren, es kommt ein paar Tage eine Aushilfe.»

«Dann wünsche ich Ihnen alles Gute», sagte Susanne. «Nachher kommen Sie aber wieder?»

«Ja sicher, es ist nur wegen meinen Knien. Was glauben Sie, was das jetzt für mich jeden Tag eine Strapaze ist.»

«Dann alles Gute.»

«Also dann, bis zum nächsten Mal. Auf Wiederschauen.»

«Auf Wiedersehn», sagten Meili und Susanne fast unisono, dann schloss sie das Fenster, und er ging in die Garage und schaute nach, ob der Sitz schon etwas trockener geworden war. Er konnte keine Veränderung feststellen. Er beschloss, den Sitz herauszunehmen und ihn in die Wohnung zu tragen, wo die Luft vermutlich trockener war. Der Sitz klemmte, weil Dreck und Sand unter ihn geschwemmt worden waren. Es gelang Meili schliesslich, den Sitz herauszuhieven. Er holte aus dem Keller die Treppensackkarre, die er einmal bei einer Liquidation günstig erstanden hatte, lud darauf den Autositz und zog ihn Tritt für Tritt die Treppe hoch zur Wohnung. Dort wollte er den Sitz in der Küche, wo es Meili am wärmsten schien, hinstellen.

Kaum oben angelangt, kam ihm Susanne entgegen und sagte: «Bist du jetzt vollkommen übergeschnappt! Was soll das?»

«Danke für deine Einschätzung. Hier oben ist es wärmer. In der Garage trocknet er nie.»

«Leg ein Plastik drauf, wenn du wegfährst, hab ich schon mal gesagt.»

«Will ich aber nicht.»

«Wo willst du denn jetzt hin mit dem Sitz?»

«In die Küche.»

«Nein! In die Küche schon gar nicht, dort ist es viel zu eng. Ausserdem stinkt er.»

«Der stinkt vielleicht von deinem Parfüm.»

«Seit wann stinkt mein Parfüm?», fragte sie völlig konsterniert. «Dein Sitz stinkt von Abgas und deiner Raucherei.»

«Er stinkt vor allem, weil er nass ist. Dann bring ich ihn einen Stock höher, ins Gästezimmer.»

«Ins Gästezimmer?»

«Ja, ins Gästezimmer, wir haben eh keine Gäste.»

«Das weisst du ja gar nicht.»

«Wann hatten wir das letzte Mal Gäste?»

«Den Gestank bringst du nie mehr raus.»

«Vor drei Jahren hatten wir das letzte Mal Besuch.» Er zog den Sitz mit der Treppensackkarre die Treppe hoch.

«Ist das meine Schuld?»

«Meine jedenfalls nicht», sagte Meili.

Oben angelangt stellte er den Sitz auf den Boden. «Hier stinkt's eh schon von Deodorant oder Parfüm oder was weiss ich.»

Daraufhin sagte Susanne nichts mehr und ging kopfschüttelnd zurück in die Küche. Meili schaute sich etwas im Zimmer um, öffnete das Fenster, um frische Luft hereinzulassen, schloss es aber gleich wieder, weil der Regen statt an die Scheiben in den Raum hineinprasselte. Er verliess das Zimmer, schloss die Tür und ging die Treppe hinunter, schaute kurz in die Küche, wo seine Frau Salat rüstete, und ging wieder in die Garage um die Reinigungsarbeiten im Innern des Autos zu beenden. Die provisorische Windschutzscheibe hielt, der Sekundenkleber hatte sich bewährt. Morgen konnte er es also wagen, zur Arbeit zu fahren. Mit Allradantrieb sollte es möglich sein, den Morast bis zum asphaltierten Teil des Weges zu überwinden.

Er überlegte lange, ob er das Garagentor auflassen oder schliessen sollte, entschloss sich dann, es zu schliessen. Es würde eh nur feuchte Luft von draussen nach innen gelangen.

DREI

Nach einer unruhigen Nacht, Meili hatte schlecht geschlafen, sass er erst eine Weile auf der Bettkante und wunderte sich, dass es so hell war im Zimmer. Er stand auf, zog die Vorhänge auf und – die Sonne schien. Er schlüpfte in den Trainer und trug als Erstes den Autositz vom oberen Stock nach draussen und stellte ihn an die Sonne. Nach dem Duschen zog er sich an, ging in die Küche und war irritiert, dass seine Frau nicht da war. Er steckte zwei Brotscheiben in den Toaster und wartete, bis sie wieder herausgeschleudert wurden, steckte eine Kaffeekapsel in die Maschine, wo aber kein Kaffee herauskam, dafür ein Lämpchen blinkte.

«Du musst Wasser nachfüllen», sagte Susanne, die, ohne dass er etwas gehört hatte, plötzlich in der Küche stand. Sie war im Morgenmantel und barfuss. «Was machst du so früh?»

Er murmelte etwas und goss Wasser nach. Im selben Moment warf der Toaster die zwei Brotscheiben aus; sie waren schwarz. Die Uhr war auf zwei Minuten eingestellt. Er fluchte laut, während Susanne schon wieder verschwunden war, unter die Dusche, wie Meili vermutete. Er stellte die Uhr auf eine Minute und steckte nochmals zwei Toasts in den Schlitz. Der Kaffee war inzwischen auch in der Tasse. Meili ass die zwei Toasts mit etwas Butter, trank den Kaffee und fügte eine zweite Kapsel in die Maschine.

Susanne kam frisch geduscht und mit einem Frotteetuch um den Kopf in die Küche. Sie ging zur Kaffeemaschine und sagte: «Ist der für mich?»

«Nicht eigentlich. Gib her. Und was heisst so früh? Bevor ich ins Geschäft fahre, muss der Wagen in die Werkstatt.»

«Ach so», sagte sie, stellte die volle Tasse so abrupt auf den Küchentisch, dass der Kaffee überschwappte und steckte eine weitere Kapsel in das Gerät.

«Kannst du nicht aufpassen?», fragte Meili.

Sie sagte nichts darauf und setzte sich an den Küchentisch.

Meili ging zurück ins Schlafzimmer und zog sich fertig an. «Ich geh jetzt», sagte er im Vorbeiweg in die Küche hinein.

«Versink nicht im Sumpf», rief sie hinterher.

«Freu dich nicht zu früh», sagte Meili, während er die Steintreppe hinunterstieg. Er befestigte den Sitz im Auto. Der war immer noch feucht, aber immerhin lief kein Wasser mehr aus dem Polster, wenn man draufdrückte. Er legte somit widerwillig ein Plastik drauf. Der Wagen sprang an, und Meili fuhr los. Er kam erstaunlich gut vorwärts, der grösste Teil des abgerutschten Hanges war weggeschafft worden. Was Meili nicht wahrnahm, war, dass der Hangrutsch eine Quelle freigelegt hatte, deren Lauf jetzt direkt zu seinem Grundstück führte.

Nach der Halenbrücke, wo die Strasse in den Wald hineinführte, waren Bagger damit beschäftigt, ein Wirrwarr aus demolierten Autos, Steinen, Ästen und teilweise ganzen Baumstämmen wegzuräumen. Die Strasse konnte nur einspurig befahren werden, und die Autos stauten sich Hunderte von Metern, bevor man durch den Tunnel in die Stadt gelangte.

Nach einer knappen halben Stunde kam er in der Garage an.

«Sieht übel aus», sagte der Mechaniker. «Wenn Sie den Wagen hierlassen, müssen Sie mindestens zehn Tage warten.»

«Zehn Tage?»
«Schauen Sie mal in die Garage, da stehen schon sechs und hier draussen nochmals fünf.»
«Gibt es einen Ersatzwagen?»
«Wir haben drei, sind schon alle weg, samt dem Wagen meiner Frau.»
«Das heisst, ich muss zu Fuss weiter?»
«Die Bushaltestelle ist hier gleich um die Ecke.»
«Wenn man nur die Frontscheibe auswechselt und die Blechschäden zu einem späteren Zeitpunkt repariert?»
«Wenn der Lieferant eine Scheibe auf Lager hat, ist das in zwei, drei Tagen möglich.»
«Dann machen Sie vorläufig nur die Frontscheibe, den Rest später, Motor, Licht et cetera funktioniert noch.»

Den Rest des Weges bis zum Bernerhof, wo er beim Finanzdepartement des Bundes arbeitete, ging Meili zu Fuss. Das machte er jeden Tag. Wenn ihm sein Garagist nicht günstig einen Parkplatz zur Verfügung stellen würde, könnte er eh nicht mit dem Auto zur Arbeit fahren und müsste den ÖV benutzen, was er gar nicht mochte.

Die Wasserfontänen vor dem Bundeshaus spielten ihr Programm ab, und einige Kinder erfreuten sich schon in der Früh am Wasserspiel. Er ging zum Bernerhof, die automatische Schiebetüre öffnete sich zum Foyer, wo Tischchen mit rot gepolsterten Sitzen standen, auf denen meist niemand sass. Meili grüsste mit einer Handbewegung die Frau hinter der Glasscheibe an der Rezeption, und sie grüsste zurück und betätigte die Schiebetüre, durch die nur Berechtigte ins Innere des Finanzdepartementes gelangen können.

***

Susanne hatte das Frotteetuch vom Kopf entfernt und die Haare geföhnt. Sie ging die Treppe hoch ins Gästezimmer, wo es immer noch nach dem feuchtem Autopolster roch; eine Mischung aus Tabakrauch, Parfüm und diesem grünen Tännchen, das die Luft rein halten sollte und dessen künstlicher Duft, wenn es entfernt wurde, noch jahrelang im Interieur des Autos wahrnehmbar war. Sie öffnete die Fenster in der Hoffnung, diese Düfte würden sich so verflüchtigen. Nachdem sie mit den Reinigungsarbeiten im Gästezimmer zu Ende war, trug sie den Staubsauger ins Wohnzimmer und begann dort den Parkett zu bearbeiten.

***

Ein Arbeitskollege brachte Meili nach Feierabend mit dem Auto bis zur Bushaltestelle bei der Halenbrücke. Er hatte angeboten, ihn bis vor die Haustüre zu fahren, und wäre sogar bereit gewesen, ihn morgen früh wieder dort abzuholen. Das schien Meili etwas zu riskant, und es wäre ihm peinlich gewesen, wenn sein Kollege allenfalls im aufgeweichten Boden stecken bliebe. Er hatte dankend abgelehnt. Er gedachte zu Fuss nach Hause zu gehen und morgen früh auch bis zur Bushaltestelle. Sein Kollege würde ihn dort wieder abholen. Sie verabschiedeten sich, und er winkte seinem Kollegen hinterher, was der im Rückspiegel bemerkte und mit der Hand aus dem Fenster zurückwinkte.

Meili fand es ganz angenehm, sich nach stundenlangem Sitzen im Büro etwas an der frischen Luft zu bewegen. Ein kleines Stück des Weges führte durch ein kleines Wäldchen. Er verspürte Harndrang. Da weit und breit kein Mensch zu sehen war, suchte er sich kein Plätzchen hinter einem Baum oder im Gebüsch aus, sondern blieb einfach stehen, öffnete den Reissverschluss an seiner Hose und pisste mitten auf dem Weg. Er staunte einmal mehr, dass sein Strahl immer noch spielend einen Meter zwanzig weit reichte. Nachdem er gehörig abgetropft hatte, ging er weiter. Vögel zwitscherten ihr Abendlied, und beinahe hätte er mitgezwitschert. Vorbei an einer Feuerstelle mit Tisch und Bank und einem Kranz aus Steinen, worin feuchtes, verkohltes Holz lag, gelangte er aus dem Wäldchen. Das Strässchen nach der Gabelung war aufs Neue verschüttet, weil noch ein Teil des Hanges in Bewegung gewesen war.

Beim Gartenpavillon stoppte er, öffnete die Türe, warf einen Blick hinein, ohne zu wissen, was er dort zu sehen erwartete, und ging dann zum Haus.

Susanne empfing ihn. «Weshalb bist du zu Fuss?»

«Weshalb wohl?», erwiderte er etwas ungehalten. «Weil der Wagen in der Garage ist.»

«Klar, hab ich vergessen. Wann kriegst du ihn wieder?»

«Übermorgen», sagte er und zog seine dreckigen Schuhe aus, schlüpfte in die Pantoffeln und setzte sich an den Esstisch. Susanne hatte die Suppe von gestern aufgewärmt. Sie schmeckte noch genauso. Dazu Brot und Wurst. Sie assen abends nicht üppig. Meili hatte sich normalerweise über Mittag in der Kantine ein Nullachtfünfzehnmenü einverleibt, was meist nicht allzu kalorienarm war. Oder er kaufte sich ein Sandwich und ass es draussen an der frischen Luft, sofern es für einmal nicht regnete, und trank einen Kaffee in einem Café. Seine Frau ass mittags nur Gemüse und Salat.

Nach dem Essen ging Meili nach draussen, das Gelände inspizieren. Später schauten sie sich einen Krimi auf einem Privatsender an. Er hatte es verstanden, ihr oft einen Film auf einem Privatsender aufzuschwatzen, somit konnte er in der Werbepause immer nach draussen, um eine zu rauchen, ohne etwas Wesentliches zu verpassen. Ausser bei Unterhaltungssendungen samstagabends zum Beispiel, die sie unbedingt sehen wollte, aber da war es ihm egal, wenn er während seiner Rauchpause etwas verpasste.

VIER

Am anderen Morgen sah er das Auto seines Kollegen schon von Weitem an der Bushaltestelle. Er beschleunigte etwas seine Schritte. «Ich bin doch nicht zu spät?», fragte er in schuldbewusstem Ton.

«Nein, ich war zu früh, alles bestens», beruhigte ihn der Kollege. «Übrigens, gibt es Zigeuner hier in der Gegend?», fragte er und fuhr los.

«Zigeuner?»

«Also Fahrende. Die waren zwar zu Fuss.»

«Wo?»

«Nicht weit von hier, ein paar hundert Meter, standen am Strassenrand zwei junge Männer.»

«Das sind vielleicht Flüchtlinge vom Asylzentrum.»

«Wo gibt es denn hier in der Nähe ein Asylzentrum?»

«Direkt bei der Halenbrücke.»

Als Meili nach Feierabend zufällig vorbeiging, stand sein Wagen mit neuer Frontscheibe fahrbereit vor der Werkstatt.

«Wurde heute schon geliefert», frohlockte der Garagist.

«Das ist ja toll, prompter Service, danke.»

Blechschäden und Kratzer waren noch vorhanden, um diese zu beheben, wollte er das Auto zu einem späteren Zeitpunkt, zum Beispiel während der Ferien, einem Spengler in Auftrag geben. Er fuhr los. Der Sitz war fast vollständig getrocknet.

Beim Nachtessen fragte Susanne in leicht süffisantem Ton: «Und, war der Sitz noch feucht?»

«Kaum. Ich habe aber trotzdem ein Plastik draufgelegt.»

«Ach so, interessant.»

«Die Windschutzscheibe ist ersetzt. Blechschäden und was sonst noch zu reparieren wäre, das hat Zeit.»

Susanne stand auf und ging ans Fenster. «Was ist denn das? Warst du beim Pavillon?»

«Beim Pavillon? Wieso beim Pavillon?», fragte Meili.

«Ist da nicht ein Licht?»

«Ein Licht?» Nun stand auch Meili auf. «Ich sehe nichts.»

«Da war ein Licht.»

«Eine Spiegelung, die Sonne vielleicht.»

«Es ist bedeckt.»

«Leute vom Asylzentrum, die spazieren der Aare entlang, kommen vom Weg ab und glauben, unsere Zufahrt führe zum Fluss, und haben irgendwas dabei, das reflektiert, was weiss ich.»

«Dann war da eben nichts.»

FÜNF

Bevor Meili nach dem Wochenende sein Auto aus der Garage fuhr, schaute er kurz in den Pavillon, glaubte aber nichts Verdächtiges festzustellen, was darauf hingewiesen hätte, dass sich jemand hier aufgehalten hatte. Das Einzige, was ihm auffiel, war ein sonderbarer Geruch, der wahrscheinlich daher kam, dass er erst kürzlich hier im Cheminée ein Feuer gemacht hatte. Vielleicht wäre es besser, hier mal ein Schloss anzubringen, es befand sich lediglich ein Riegel an der Türe, den man von aussen und von innen betätigen konnte.

Obwohl es aufgehört hatte zu regnen, war die kleine Strasse, die zur Hauptstrasse hinführte, immer noch matschig. Und die rechte Seite, die zur Aare hinunterführte, war gefährlich abgebröckelt und müsste umfassend saniert werden. Das letzte Stück war asphaltiert und nicht beschädigt. Neben der Halenbrücke blühten die Karden, und über dem Rapsfeld kreisten Milane. Die Pflanzen waren wegen des Dauerregens teilweise niedergedrückt, leuchteten aber trotzdem in herrlichem Gelb. Meili wunderte sich über zwei blaue Flecken in der Landschaft. Als er die Brücke überquert hatte und die Strasse in den Wald hineinführte, bemerkte er, dass dort zwei Zelte standen. Er könnte sich natürlich getäuscht haben, er hatte ja nur einen kurzen Blick durch das Seitenfenster werfen können. Wie auch immer, wenn da wirklich jemand campierte, würden die ihre Zelte schnellstens wieder abbrechen müssen.

Am Nachmittag hatte es erneut zu regnen begonnen. Als Meili auf dem Heimweg von der Hauptstrasse abbog, sah er zwei Gestalten, die notdürftig geschützt mit einer Regenhaut – die manchmal unaufgefordert von gemeinnützigen, caritativen Institutionen mit Einzahlungsschein im Briefkasten liegen – am Strassenrand standen. Vermutlich die Menschen, die heute früh in diesen Zelten im Rapsfeld gehaust hatten, dachte Meili. Er fuhr möglichst langsam an ihnen vorbei, um sie nicht unnötigerweise durch aufspritzendes Wasser noch mehr zu benetzen. Roma sind das keine, dachte er, wahrscheinlich Flüchtlinge, aber weshalb sind die nicht in der Asylunterkunft bei der Halenbrücke? Vielleicht waren sie nach einem negativen Asylentscheid abgetaucht. Egal, dachte er, ich kann diese Leute nicht einfach im Regen stehen lassen.

Als er am Pavillon vorbeifuhr, hatte er eine Eingebung. Er hielt kurz an, überlegte, legte den Rückwärtsgang ein und fuhr zurück zu den beiden Menschen. Erst jetzt bemerkte er, dass auch ein Kind dabei war, es war bei einer der beiden Personen unter die Regenhaut geschlüpft. Er liess das Seitenfenster herunter, deutete mit der Hand zum Pavillon und versuchte den zwei Männern zu erklären, dass sie sich dorthin begeben sollten. Der eine sprach etwas Englisch und einige Worte Deutsch. Bereitwillig folgten sie ihm. Beim Pavillon angekommen, öffnete Meili die Türe, und die zwei Männer streiften ihre Regenhaut ab. Die beiden waren gut aussehend, dunkelhaarig, den einen, etwas älteren, schätzte Meili auf etwa dreissig Jahre, der andere war ein wenig jünger. Meili dachte, es könnten Afghanen sein; aber sicher war er sich nicht. Das Kind, ein Knabe, setzte sich auf einen der Gartenstühle. Er bemerkte den Zauberwürfel, der dort auf dem Fenstersims lag, an dem Meili kürzlich herumgedreht hatte. Meili deutete auf die Liegebetten und demonstrierte mit ein paar Handgriffen, wie sie aufzuklappen seien. Während er das tat, fiel ihm ein, dass es wohl unnötig gewesen war, einem Flüchtling das

Aufklappen eines Liegebettes zu erklären. Zum Knaben, der fasziniert den Würfel anstarrte, machte Meili eine Geste, die bedeutete: Nimm nur. Der Junge nahm den Würfel und drehte sofort wie wild daran. Dann deutete Meili auf das offene Cheminée und erklärte den zwei Männern, dass sie auf keinen Fall ein Feuer machen sollten, wenn überhaupt, dann nur tagsüber. Der eine der beiden machte eine Geste, die besagte: Ich weiss Bescheid, ich kenne das Problem, und kalt sei es ja nicht.

Als Meili zur Wohnungstüre hereinkam, empfing ihn seine empörte Ehefrau. Sie hatte die Szene vor dem Pavillon aus dem Fenster des Wohnzimmers beobachtet.

«Bist du wahnsinnig geworden, wen hast du da einquartiert?»

«Ich konnte sie doch nicht einfach im Regen stehen lassen. Auch ein Kind ist dabei.»

«Weshalb gehen sie nicht ins Zentrum der Heilsarmee bei der Brücke?»

«Was weiss ich, vielleicht ist es überfüllt.»

Susanne war weniger über die Tatsache empört, dass Meili fremde Menschen einquartiert hatte, sondern sie hatte sich Gedanken darüber gemacht, wie die drei Menschen verpflegt werden sollten und vor allem, wo die aufs Klo gingen.

«Die können in die Landschaft pissen, sind ja alles Männer.»

«Auch ein Mann muss manchmal nicht nur pissen.»

«Was ist mit dem Klo neben der Garage?»

«Du willst die auch noch ins Haus lassen?»

«Das ist ja ausserhalb der Wohnung. Sie müssen nur durch die Garage. Und wenn du nicht willst, dass sie in den Garten scheissen …»

«Dieses Klo ist vollgestellt mit deinem Krempel.»

«Was heisst da Krempel? Der Rasenmäher, ein Kärcher-Hochdruckreiniger und Winterreifen sind dort aufbewahrt. Ausserdem gibt es ein Lavabo, wo die Leute die Hände waschen können», sagte Meili.

«Wenn sie's denn tun. Und das ganze andere Gerümpel, das längst entsorgt gehörte: Das kaputte Velo, die abgebrochenen Spatenstiele, Blumentöpfe und ähnliches Zeug, wo willst du hin damit?»

«Ich räum das aus», sagte Meili, ging hinunter zur Garage und machte sich an die Arbeit. Was zu entsorgen war, stellte er nach draussen. Für die Winterreifen war in der Garage genügend Platz. Er nahm einen Besen und wischte den ärgsten Dreck vom Boden. Überprüfte, ob die Spülung funktionierte, und reinigte die Klobrille.

Nachdem Meili dem einen der beiden Männer dieses Klo präsentiert hatte – der Mann verbeugte sich mehrmals fast bis zum Boden vor lauter Dankbarkeit –, schloss er die Türe, die zur Wohnung hinaufführte. Im Wohnzimmer setzte er sich zu seiner Frau zum Abendbrot. Dass diesen Menschen geholfen werden müsse, darüber herrschte grundsätzlich eine unausgesprochene Einigkeit zwischen den beiden.

«Und was essen die jetzt?», fragte Susanne.

«Jetzt haben die erst mal ein Dach überm Kopf.»

«Die haben doch sicher Hunger.»

«Hast du keine Suppe mehr von gestern?»

«Das reicht doch nicht. Zwei erwachsene Männer und ein Kind.»

«Kannst du die Suppe nicht etwas strecken?»

«Strecken?»

«Ja, mit etwas Wasser und einem Maggiwürfel.»

«Brot ist auch keines mehr da.»

«Dann eben ohne Brot. Ich hab schon oft Suppe gegessen ohne Brot.»

«Zur Vorspeise, ja.»

«Wenn es nicht untergetauchte Abgewiesene sind, sondern anerkannte Flüchtlinge und vorläufig Aufgenommene – und davon gehe ich aus –, können sie sicher nach wie vor im Asylzentrum essen, und sie bekommen ja auch Sozialhilfe; zudem haben sie ein Kind dabei», sagte Meili. «Das hier ist eine privatwirtschaftliche Notunterkunft und kein Drei-Sterne-Hotel. Morgen gibt's noch was zu essen, dann können sie sich selber verpflegen. Punkt.»

Er war selber überrascht über seine spontane Hilfsbereitschaft, die, wie es schien, mit einigen Konsequenzen verbunden war. Zwei-, dreimal vor Mitternacht war noch die Spülung des Klos bei der Garage zu hören, dann war Ruhe. Nur manchmal waren Donner und orkanartiger Wind zu hören.

SECHS

Lotrecht kam das Wasser auch am nächsten Morgen vom Himmel. Der Wind wehte kaum noch. Nicht einmal die Elstern krächzten. Die sassen geduckt auf Ästen nah am Stamm auf der blauen Konifere neben dem Gartenhaus. Während Meili sich ankleidete, konnte er beobachten, wie der eine Flüchtling kurz die Tür des Pavillons öffnete, herausschaute, wieder hineinging, mit der Regenhaut über den Kopf herauskam und auf das Haus zurannte. Vermutlich musste er aufs Klo.

***

Die letzten Tage waren ohne besondere Ereignisse vor sich hin geplätschert. Beim Marziliräuber-Fall war man noch nicht weiter, als dass die Tupperwaredose und die gefundene Badehose derselben Person zugeordnet werden konnten, sie verrieten jedoch nicht den Täter. Registriert waren die Fingerabdrücke nicht. Der Dieb hatte Gewalt angewendet, zwar nur leichte, aber immerhin. Die Kassiererin des Marzili glaubte, im Täter einen arabisch aussehenden jungen Mann erkannt zu haben; sicher ein Asylant, meinte sie, weil die ja nicht arbeiten dürften und deshalb kriminell würden. Freuler meinte, dagegen spreche die eigentlich nur Einheimischen übliche Gewohnheit, trockene Kleider unterhalb einer bestimmten Schwimmstrecke zu deponieren, der Aare entlang hochzugehen und sich im Fluss hinuntertreiben zu lassen. Coric konterte leicht genervt, um auf die Idee zu kommen, müsse man nicht erst Jahre in Bern gewohnt haben, und viele Araber seien – entgegen der Ansicht vieler Schweizer – durchaus des Schwimmens kundig.

Essen tat Freuler zusammen mit Petra Coric in der «Blechkantine» – wie er sie nannte – hinter der Hauptwache, wo wieder einmal Fisch aus der Aare auf dem Menüplan stand: Forelle auf einem Gemüsebeet mit Reis. Der Fisch war leicht verkocht, schmeckte aber trotzdem. Und die wenigen noch vorhandenen Gräten liessen sich so leichter entfernen. Die Fertigsalatsauce schmeckte wie Fertigsalatsauce. Trotzdem fanden es beide schade, dass hier bald nicht mehr gekocht würde. Die Konkurrenz im Umfeld der Hauptwache sei zu gross, und das Bedürfnis nach Convenience-Food sei auch bei der Polizei gestiegen. Beide legten sie fast gleichzeitig Gabel und Messer auf den leeren Teller, wischten sich den Mund mit einer Papierserviette und erhoben sich. Coric schob das Geschirr von beiden auf ein Tablett, und Freuler trug es weg. Endlich, dachten beide. Coric strebte zum Fumoir, Freuler deutete zum Ausgang. Er hatte die Absicht, nach draussen zu gehen. Coric folgte ihm. Beim Geländer, wo man den Abhang hinuntersehen konnte und zwischen den Bäumen die Aare glänzte, standen die zwei und genossen ihre erste heutige Zigarette. Als Freuler seine ausgerauchte Zigarette auf dem Handlauf des Geländers ausdrückte und die Kippe in den Aussenbereich des Kurzzeitgefängnisses, der nicht mehr benutzt wurde, spicken wollte, protestierte seine serbisch-schweizerische Kollegin.

Freuler fand, dass sich das Verhältnis zwischen ihm und ihr im Laufe eines Jahres ganz gut eingespielt hatte. Anfänglich hatte er sich als älterer Kollege über Petras – wie er meinte – etwas pennälerhafte Art und Weise geärgert. Dann hatte sich in einigen Fällen gezeigt, dass die Rückbesinnung auf grundlegende Maximen der Polizeiarbeit manchmal der Routine vorzuziehen war. Das Zusammenwirken von beidem hatte sich als erfolgreich erwiesen.

Privat verband die ungleichen Beamten der Kampf gegen die unsägliche Raucherei.

«War das wirklich deine erste?», fragte Coric.

«Ja sicher, ich bescheiss mich doch nicht selber. Und deine?»

«Auch. Kaffee?»

«Ja, aber das ist nicht der erste. Seit ich nach dem Morgenessen nicht mehr rauche, trinke ich zwei Tassen zusätzlich», sagte Freuler mit einem Unterton, so als ob Kaffee genauso schädlich wie rauchen wäre.

«Du kannst ohne Weiteres einen vierten trinken», sagte Coric und strebte zurück zur Kantine. Freuler folgte ihr und holte sich ebenfalls einen Kaffee am Buffet. Drin in der Kantine sassen weitere Kollegen und Kolleginnen, und Freuler konnte sich gut vorstellen, was einige der Männer dachten: Ausgerechnet der zugelaufene alte Sack ist ständig mit dieser schönen Serbin unterwegs. Einige zwinkerten Freuler sogar anzüglich zu. Darauf reagierte er gar nicht. Er wusste, dass auch auf einem Polizeiposten, wo Frauen und Männer arbeiteten, manchmal dumme sexistische Bemerkungen gemacht wurden. Klapse auf den Hintern kamen immerhin nicht vor. Aber vielleicht nur deshalb, weil Hintern in einer Uniformhose, an der Handschellen und Taschenlampe baumelten, keinen besonderen erotischen Reiz darstellten, zudem hatten die Frauen die gleiche Ausbildung in japanischer Kampftechnik.

Auch der Nachmittag verlief ereignislos, was nicht hiess, dass nichts zu tun war. Es gab immer einige unaufgeklärte Fälle, von denen die Beamten immer und immer wieder die Akten zur Hand nahmen und plötzlich eine Unregelmässigkeit entdeckten, oder es meldete sich gar ein weiterer Zeuge, sodass der Fall in einem anderen Licht erschien.

«Alle Berner und Bernerinnen verhalten sich gesetzeskonform», sagte Coric.

Freuler lachte nur und sagte: «Wart's ab, immer wenn es besonders ruhig ist, darf man der Sache nicht allzu sicher sein, meist passiert genau dann etwas Aussergewöhnliches.»

«Wie die Geschichte mit dem verschwundenen Marziliräuber, den wir wohl kaum je fassen werden.»

Am späten Nachmittag erreichte sie die Meldung, dass eine junge Frau versucht hatte, sich mit einem Sprung von der Kirchenfeldbrücke das Leben zu nehmen, aber glücklicherweise in den Netzen gelandet sei, die dort angebracht waren.

Coric war anfänglich einigermassen schockiert gewesen, als Freuler sie über die vielen Selbsttötungen hier in Bern orientiert hatte. Es sei oft schon vorgekommen, dass pro Woche ein bis zwei Selbstmordversuche von Brücken gemeldet worden waren.

Liechti, der Vorgänger von Petra Coric, hatte einmal erzählt, dass er einen solchen Sprung auf den Sportplatz Schwellenmätteli hatte beobachten können. Es sei ein dumpfer Knall zu hören gewesen. Eine Frau sei von der Kirchenfeldbrücke gesprungen, unten auf den Rasen geknallt, habe sich erst gespenstisch wieder erhoben und sei ein paar Schritte gegangen, um dann tot hinzufallen. Dieses Geräusch des Aufpralls habe er nie mehr vergessen. Man wisse aber von Menschen, die einen Selbstmordversuch unternommen und mehr oder weniger schwer verletzt überlebt hatten, dass sie schon während des Sturzes ihr Vorhaben bereut hätten.

Passanten hatten die Polizei alarmiert und die wiederum die Feuerwehr, die die Frau geborgen und zur Hauptwache gebracht hatte. Die Frau trug nur einen lilafarbenen Bikini.

Ihre Kleider hatte sie weiter unten im Marzilibad deponiert gehabt. Von dort war sie mit einer Gruppe von jungen Leuten zu Fuss dem Uferweg entlang bis zum

Schönausteg gegangen, sie waren ins Wasser gesprungen und hatten sich die Aare hinuntertreiben lassen. Ein allseits bekanntes Sommervergnügen in Bern, dem auch Coric und Freuler frönten. Einige deponieren ihre Kleider im Lorrainebad, gehen zu Fuss bis zum Botanischen Garten oder noch weiter flussaufwärts und lassen sich von dort flussabwärts treiben.

Die junge Frau war mit ihrem Freund und anderen schwimmenderweise unterwegs gewesen. Mitschwimmer hätten sich gewundert, als sie plötzlich, nachdem alle beim Dalmaziquai aus dem Wasser gestiegen seien, weggerannt und weinend am Sportplatz beim Schwellenmätteli vorbei zur Brücke hochgerannt sei, um sich von der Kirchenfeldbrücke zu stürzen.

Die junge Frau sass auf der Bank vor Freulers Büro. Sie zitterte, vermutlich nicht nur, weil sie fror. Eine Polizistin brachte ihr eine Uniformjacke; die war ihr viel zu gross. Ein groteskes Bild, dachte Freuler.

Eine Beziehungsgeschichte, ihr Freund hatte sie verlassen oder betrogen. Vermutlich beides, dachte Coric. Dass er ihr diesen Entscheid ausgerechnet beim Schwimmen mitgeteilt hatte, fand sie besonders rücksichtslos. Näheres war nicht zu erfahren. Diesen Typen wollte die junge Frau auf keinen Fall informieren. Der solle nur annehmen, dass sie tot sei. Das hätte er dann davon. Als sich herausstellte, dass sie keine achtzehn war, wurden die Eltern informiert. Es verging keine Viertelstunde, und der Vater erschien auf der Hauptwache. Zufälligerweise arbeitete er ganz in der Nähe. Er war völlig aufgelöst. Als er seine Tochter wohlbehalten antraf, brach er in Tränen aus. Die zwei umarmten sich. Das Vater-Tochter-Verhältnis schien intakt zu sein. In Begleitung ihres Vaters wurde die junge Frau erst mal ins Inselspital gebracht, wo sie untersucht und psychologisch betreut werden sollte. Am liebsten hätte der Vater sie gleich mit nach Hause genommen. Davon wurde ihm abgeraten. In der Insel würde man sie bis morgen stationär beobachten.

Coric erledigte noch etwas im Büro. Freuler hingegen ging über den Waisenhausplatz und zündete sich keine Zigarette an, was ihm schwerfiel, aber je weiter er sich dem Bundeshaus näherte, umso mehr war er zufrieden mit sich, der Versuchung zu rauchen widerstanden zu haben, ausgerechnet sogar der Feierabendzigarette, auf die genauso schwierig zu verzichten war wie auf die nach dem Essen und die …

Jetzt musste er lachen, denn dazu fiel ihm ein Witz ein. Den erzähl ich morgen Petra, dachte er. Er fuhr mit dem Bähnli runter ins Marzili, überquerte die Aare auf der Dalmazibrücke, blickte schaudernd zur Kirchenfeldbrücke hoch und konnte nicht begreifen, dass die junge Frau sich wegen eines Typen, der sich vielleicht mit einer anderen vergnügt hatte, gleich das Leben nehmen wollte. Zum Glück hatte sie überlebt. Er ging weiter den Feldeggweg hoch, am Gryphenhübeli vorbei nach Hause.

Dort schaute er sich gewohnheitsmässig erst in seinem Gemüsegarten um. Nicht alles, was er im Frühjahr angepflanzt oder gesät hatte, trug jetzt im Sommer Früchte. Zucchetti im Überfluss, die Gurkengewächse wucherten weit in das Beet der Buschbohnen hinein, von denen schon gepflückt worden war; für eine zweite Ernte im Oktober konnten später nochmals welche gesteckt werden. Einige Tomaten waren noch nicht reif, ein paar wenige strahlten in Purpurrot, viele fielen diesen feuchten Sommer der Braunfäule zum Opfer. Die Sonnenblumen jedoch, die Freuler selber von Samen des vergangenen Jahres gezogen hatte, hatten dieses Jahr optimale Bedingungen mit der andauernden Nässe.

Anita, seine Frau, stand am Fenster und beobachtete ihn eine Zeit lang wohlwollend. Dann räusperte sie sich hörbar.

«Wie lange hast du mich schon beobachtet?», fragte Freuler in gespielt scheltendem Ton.

«Die ganze Zeit», scherzte Anita.

«Das Observieren kannst du ruhig uns Profis überlassen.»

«Komm hoch, dann kann ich das Abendessen servieren.»

«Bin schon unterwegs.»

SIEBEN

Coric war schon im Büro, als Freuler am nächsten Tag zur Arbeit kam. Er konnte es kaum erwarten, ihr den Witz übers Rauchen zu erzählen. «Mir fiel gestern ein Witz ein, als ich mir eine Zigarette anzünden wollte –»

«Wirklich nur wollte?», unterbrach Coric.

«Ja, sicher. Willst du den Witz hören?»

«Klar.»

«Zwei Freunde sitzen am Stammtisch, sagt der eine zum anderen: ‹Raucht deine Frau auch nach dem Geschlechtsverkehr?› Darauf der andere: ‹Weiss nicht, hab noch nie so genau nachgeschaut.›»

Coric fand den Witz ganz lustig und sagte: «Typischer Männerwitz.»

«Trotzdem lustig», sagte Freuler.

Coric wollte noch etwas sagen, aber das Telefon schrillte. Freuler hob ab, murmelte etwas, sagte dann: «Sind schon unterwegs», und hängte auf. «Leiche in der Aare.»

«Wo?»

«Hängt irgendwo beim Schwellenmätteli.»

«‹Hängt irgendwo beim Schwellenmätteli›, was ist das für eine Redensart?»

«Ist doch so», sagte Freuler und entschuldigte sich für seine etwas unpassende Bemerkung.

Ein Bereitschaftspolizist sass bereits im Auto vor dem Eingang und führte die beiden samt Arzt und Kriminaltechnik auf verschlungener Route zu der Leiche beim Schwellenmätteli. Gut, dachte Freuler, muss ich nicht selber fahren. Obwohl hier in Bern aufgewachsen, hätte er diese Schleichwege nicht gekannt, es hatte sich vieles verändert während seiner Basler Zeit.

Die Aare führte sehr viel Wasser. Aufgestörte Möwen flatterten krächzend über dem Wehr. Die Leiche war an einem grossen Ast hängen geblieben, der dort angeschwemmt worden war. Die Wasserschutzpolizei hatte den Körper bereits geborgen und beim Dalmaziquai abgelegt. Den ersten Blick wandten sowohl Coric als auch Freuler gleich wieder ab. Die Leiche war völlig aufgedunsen, musste also schon längere Zeit im Wasser gelegen haben. Der Mann hatte einen starken Bartwuchs. Die Leiche hatte etwas von einem Waldschrat. Im Bart und an den Brusthaaren hatte sich allerlei Unrat verfangen: Blätter, Zweige, Papier, Schlamm. Der Mann trug nur Unterwäsche, die völlig verklebt war mit Müll, der von nächtlichen Gelagen stammte und von unachtsamen Teilnehmern in die Aare geworfen worden war. Der Notarzt bestätigte, dass dieser Mann ertrunken war und schon längere Zeit im Wasser gelegen hatte. Verletzungen wies er keine auf. Der Bart täuschte, der Mann war jünger, als man auf den ersten Blick hätte denken können; eher unter dreissig Jahren.

«Es muss von einem Badeunfall ausgegangen werden», sagte Freuler.

«Richtig», sagte der Kriminaltechniker, «sonderbar scheint mir, dass er in der Unterwäsche baden ging.»

«Vielleicht konnte er sich keine Badehose leisten, oder es war ein spontaner Einfall, schwimmen zu gehen, und er hatte sie nicht dabei», versuchte Freuler einen möglichen Ablauf zu rekonstruieren. «Oder er kennt keine Badehose.»

Coric schüttelte nur den Kopf. Sie fand die Bemerkung eher unpassend. Trotzdem sagte sie: «Vielleicht hast du gar nicht so unrecht, der Mann ist eher nicht von hier.»

«Vermutlich kein Westeuropäer, eher Araber», sagte der Pathologe.

«Ein Flüchtling», bemerkte Coric mehr als Frage denn als Feststellung.

«Papiere hatte er keine auf sich?», fragte Freuler, wurde sich aber sogleich der absurden Frage bewusst.

«In der Unterwäsche?»

«Kleider müssten doch irgendwo gelegen haben, er hat sie doch ausgezogen.»

«Die lagen im Marzili», sagte der Notarzt.

«Möglicherweise ist es derselbe, der die Kasse im Marzilibad geklaut hat; er hat nach seiner Plastikdose gesucht und ist dabei ertrunken.»

«Das lässt sich anhand der DNA leicht feststellen, ob es derselbe war», sagte der Notarzt.

«Auch bei den Kleidern waren keine Papiere; vielleicht wurden sie ihm geklaut.»

«Also ein sogenannter Sans-Papiers», mutmasste Coric.

«Warten wir den DNA-Bericht ab, dann wissen wir Bescheid», sagte Freuler.

«Dann wissen wir, ob es derselbe war, aber wer es war, wissen wir dennoch nicht», schloss Coric.

***

Von den zwei Afghanen war nur einer im Pavillon geblieben. Der andere mit dem Kind war schon nach der ersten Nacht wieder weg gewesen. Schwierigkeiten für Meili und seine Frau gab es keine, der eine Mann, der hier noch hauste, war völlig unauffällig. Das Klo blieb sauber. Nicht einmal daneben pisste er. In der Nacht hörte man gar nichts von ihm. Meili und Susanne redeten nicht viel beim Frühstück. Es war ja alles da: Kaffee, Brot, Butter, Konfitüre, Müesli und Käse. Mit einem kurzen «Ich gehe jetzt» verabschiedete sich Meili. Unten in der Garage begegnete er ausnahmsweise dem Flüchtling, der sich, als sie sich auf gleicher Höhe befanden, mit gesenktem Blick einmal verbeugte, aber sonst ohne einen Gruss an ihm vorbeischlich. Das muss der Kulturschock sein, dachte Meili, oder ein Kriegstrauma; das hatten die ja alle irgendwie, hiess es. Anfänglich war der Mann freundlicher gewesen. Je mehr man den Leuten entgegenkommt, dachte Meili, umso undankbarer werden sie.

Im Auto schaltete er als Erstes das Radio ein. Die Strassen waren zum Teil vom Dauerregen schon wieder beeinträchtigt, wurde gemeldet. In der Nacht hatte es auch wieder gestürmt. Jedoch sein Weg in die Stadt sollte problemlos zu bewältigen sein, hoffte er. Meili startete den Wagen und fuhr langsam rückwärts aus der Garage. Bei der kleinen Steigung unmittelbar darnach drehten die Räder auf dem feuchten Morast, den der Hangrutsch hinterlassen hatte, noch etwas durch, oben, wo es flach und asphaltiert weiterging, gab es keine Probleme.

Bereits auf der Halenbrücke stauten sich die Autos. Die Aare hatte einen hohen Wasserstand und kam als braune Brühe daher, allerdings nicht so schlimm, dass das Mattequartier betroffen sein könnte, dachte Meili. Wie schon oft hatte die Zulg im Eriz wieder mal Hochwasser geführt, und das ergoss sich naturgemäss in die Aare.

Meilis Stimmungslage war ambivalent. Einerseits überraschte ihn seine Hilfsbereitschaft, andererseits verspürte er ganz allgemein ein gewisses Misstrauen gegenüber diesen Flüchtlingen, vor allem gegenüber jungen Männern, die aus ihrem Heimatland flohen. Viele seien ja gar nicht eigentliche Kriegsflüchtlinge, hiess es aus gewissen Kreisen. Die sollten, zumindest wenn sie nicht an Leib und Leben gefährdet waren, in ihrem Land ausharren und für Freiheit und Gerechtigkeit kämpfen und sich nicht einfach dorthin verdrücken, wo Gerechtigkeit und Wohlstand bereits etabliert waren. Andere hatten ja auch ihre Despoten verjagt. Sogar wir, dachte Meili, und vor seinem geistigen Auge erschien ein Krieger, der Speere umarmte.

Kurz nach der Halenbrücke kam der ganze Verkehr zum Stillstand. Als er jetzt noch einige umgestürzte Bäume, die die Männer aus dem Wald geschleift hatten, quer auf der einen Seite der Neubrückstrasse liegend erblickte, fielen ihm auch noch Morgarten und tapfere Mannen ein, die Steine und Baumstämme auf die Angreifer warfen. Hier waren Männer damit beschäftigt, den Baumstämmen die Äste abzusägen und sie am Waldrand hinzulegen. Das konnte dauern. Er nahm sein Smartphone aus der Tasche und rief im Geschäft an, seine Verspätung anzukündigen. Zwischen den Tannen tauchten ein etwa fünfundvierzigjähriger bärtiger Mann und zwei vielleicht achtzehnjährige Schwarzafrikaner auf. Sie trugen Hosen, die bei den Knien zerrissen waren. Ob diese Kleidungsstücke auf ihre ärmliche Herkunft aus Afrika hinwiesen, oder ob sie schon nach westlicher Mode gekleidet waren, erschloss sich Meili nicht. Der Bärtige hatte eine Mütze mit den Insignien eines Fussballclubs auf dem Kopf. Erst schauten die drei eine Zeit lang den Arbeitern zu, um sich nach einer Weile nützlich zu machen und Äste und Reisig zur Seite zu schaffen. Meili schaute ihnen verwundert zu.

Ein Waldarbeiter kam am Auto vorbei. Meili drehte das Fenster herunter und sagte zu ihm: «Haben Sie Hilfe bekommen?»

«Genau», meinte der Arbeiter. «Entwicklungshilfe.» Er grinste.

Meili fragte: «Wie meinen Sie das?»

«Nur ein Scherz», sagte der Waldarbeiter. «Der mit dem Bart ist doch einer dieser Waldmenschen, und die Neger – keine Ahnung, wahrscheinlich Untergetauchte. Das passt zu denen, die im Wald leben: sind auch illegal.»

«Niemand ist illegal», sagte Meili. Das hatte er irgendwo aufgeschnappt.

«Ach, hören Sie auf mit diesen Willkommenssprüchen der Linken.»

«Ich bin kein Linker. Schauen Sie doch, wie die zupacken.»

«Schon gut. Nehmen uns die Arbeit weg.»

Meili schüttelte nur den Kopf, und ihm fielen die zwei Männer mit dem Kind im Pavillon ein, die er aufgenommen hatte. Zum Glück war nur noch einer da, dachte er.

Plötzlich ein Sonnenstrahl, der durch die Baumwipfel schien. Ein Milan flog krächzend seine Runden vor einem Stück blauem Himmel, und ein Reh sprang über die Strasse.

Nach etwa einer halben Stunde konnte Meili weiterfahren. Kurz nachdem er aus dem Wald und unter der Autobahn durchgefahren war, fing der Motor an zu stottern, und es gelang ihm gerade noch, vor der Kreuzung beim Polizeiposten Neufeld auf einen Parkplatz zu fahren. Das darf ja nicht wahr sein, dachte er. Er rief im Geschäft an, um mitzuteilen, dass es noch etwas später würde, dann die Autowerkstatt.

Zwei Männer waren schon nach einer halben Stunde da und luden den Wagen auf einen Tieflader. Meili hätte mit ihnen in die Stadt zur Arbeit fahren können. Er bedankte sich für dieses Angebot. Er zog es vor, mit dem Bus zurück nach Hause und mit dem Auto seiner Frau ins Geschäft zu fahren. Ihm graute davor, nach Feierabend in einem überfüllten öffentlichen Verkehrsmittel nach Hause fahren zu müssen. Er ging zur Busstation Neufeld. Auf der Fahrt mit dem Postauto sah er, wie einige Waldarbeiter auf der anderen Strassenseite entlang der Neubrückstrasse immer noch damit beschäftigt waren, umgestürzte Bäume und Äste vom Strassenrand wegzuräumen.

Die Fahrt nach Hause dauerte mehr als eine halbe Stunde, und Meili fluchte leise vor sich hin. Er bereute jetzt, dass er das Angebot zur Mitfahrt in die Stadt nicht angenommen hatte. Bei der Bushaltestelle gleich neben dem Asylzentrum Halenbrücke, von der er noch ein Stück zu Fuss gehen musste, bis er zu Hause war, traf er auf ein paar Bewohner des Zentrums, die dort vermutlich auf den Bus warteten, der sie in die Stadt brachte. Einer der Flüchtlinge blickte Meili nur kurz an, wandte sich dann demonstrativ seinen Kollegen zu und sagte etwas zu einem anderen, das eher abschätzig klang. Meili verstand nicht, was er sagte, aber es irritierte ihn etwas. Vielleicht wäre es doch besser gewesen, die Flüchtlinge nicht bei sich einzuquartieren.

Das Postauto zur Stadt kam, die Männer stiegen ein, und Meili stand noch einen Moment da, schaute dem abfahrenden Bus nach, machte kehrt und ging dem Weg entlang, der zu seinem Heim führte. Zu beiden Seiten blühten Wegwarten und wilde Möhren, und der Boden war beinahe wieder trocken. Nur im kleinen Wäldchen vor seinem Heim war es noch matschig. Beim Pavillon stand die Türe offen. Er schaute kurz rein; ihm fiel nichts Besonderes auf. Als er zur Garage kam, sah er, dass die Tür zum Klo auch offen stand. Er schloss die Türe. Der Mann war also nicht da. Als er zur Kellertreppe ging, die zur Wohnung führte, hörte er ein Gepolter und unterdrücktes Stöhnen von oben. Meili wurde immer mulmiger zumute. Irgendwas war, wie es nicht sein sollte. Seine Frau schien nicht alleine zu sein. Die Türe zur Heizung stand offen. Dort hingen an der Wand einige Werkzeuge, auch eine uralte riesige Wasserrohrzange. Die war von den vorherigen Besitzern des Grundstückes. Sie hatten das Teil im Pavillon liegen gelassen, und Meili hatte es zu anderen Werkzeugen in der Heizung hingehängt. Er nahm sie von der Wand und ging, möglichst Geräusche vermeidend, die Treppe hoch.

Er vernahm ein Geraschel und die Schreie seiner Frau. Er durchquerte den Flur, überzeugt, dass etwas Ungesetzliches vor sich ging. Die Türe zum Wohnzimmer war nur angelehnt. Er stiess sie langsam und geräuschlos auf, und was er zu sehen bekam, verschlug ihm im ersten Moment den Atem. Er sah von hinten einen Mann, mit der Hose bei den Knien. Seine Frau auf dem Sofa, halb sass sie, halb lag sie, die Bluse offen, den Rock hochgekrempelt. Sie schrie, ob vor Angst oder gar vor Lust, mochte oder wollte Meili im Moment nicht zu unterscheiden. Er ging möglichst lautlos auf den Mann zu und schlug ihm die Wasserrohrzange mehrere Male auf den Kopf und auf die Schläfen. Der Mann fiel rückwärts auf den Boden und prallte mit dem Hinterkopf auf den Glastisch, wobei das Glas in die Brüche ging.

Der Mann war der Afghane, der im Pavillon geblieben war. Susanne starrte schreiend auf das noch erigierte Glied des Mannes, welches langsam erschlaffte. Der Mann war tot.

«Schweinehund!», schrie Meili.

«Du hast ihn umgebracht», schrie Susanne, zog den Schlüpfer hoch und machte einen Versuch, die Kleider zu ordnen.

«Er hat dich vergewaltigt», schrie Meili, etwas weniger laut.

«Ja … nein, ja. Du hast ihn umgebracht», sagte Susanne nochmals und fing an zu weinen.

«Was machen wir jetzt?», fragte Meili.

«Das fragst du mich? *Du* hast ihn umgebracht!», schrie Susanne.

«Es war Notwehr.»

«Dafür müsstest du ihn nicht gleich umbringen.»

«Er ist erst beim Sturz zu Tode gekommen … oder war es gar keine Vergewaltigung?»

Susanne rannte zum Badezimmer, schloss die Tür und erbrach sich in die Kloschüssel. Meili öffnete die Türe zum Gartensitzplatz und zündete sich eine Zigarette an. Damit kam er wieder zurück ins Wohnzimmer. Er setzte sich aufs Sofa, stand aber sogleich wieder auf, drehte sich um, schaute erst auf die Sitzfläche, dann an seine Hosen, ob er sich beschmutzt haben könnte. Er ging wieder zum Gartensitzplatz, nahm noch zwei, drei Züge an der Zigarette und ging zurück ins Wohnzimmer.

Susanne stand bei der Tür zum Flur, überblickte die Situation und sagte: «Hast du hier drin geraucht?»

«Ich überlege gerade», sagte Meili, «wenn es eine Vergewaltigung war, dann war meine Reaktion Notwehr, und wenn es keine Vergewaltigung war, ein Beziehungsdelikt.»

«Es war wie eine Vergewaltigung», schrie Susanne.

«Was heisst ‹wie›?»

«Jedenfalls muss er weg», sagte Susanne ganz sachlich.

«Weg? Wohin weg?»

«In die Aare oder in den Wald oder verscharren oder was auch immer.»

«Es war Notwehr, dafür krieg ich nur bedingt ... Sind der andere und das Kind nochmals aufgetaucht?»

«Woher soll ich das wissen ... nein.»

«Was machen wir jetzt?», fragte Meili.

«Dein Problem.»

«Mein Problem?», fragte Meili rhetorisch.

«Du hast ihn getötet!», schrie Susanne.

«Ich wollte verhindern, dass er dich vergewaltigt, dies scheint aber nicht der Fall gewesen zu sein, im Gegenteil», schrie Meili zurück.

Susanne schluchzte, weniger vor Trauer als vor Scham. Erst wollte sie in ihr Schlafzimmer, überlegte es sich aber anders und ging stolpernd die Treppe hoch und schloss sich im Gästezimmer ein. Meili stand eine Weile unentschlossen da, zog dann dem Toten die Hose hoch, schob mit der Zange den jetzt erschlafften Penis in den Hosenschlitz und begann den Mann in den Teppich einzuwickeln, der blutverschmiert und unbrauchbar geworden war. Er versuchte das Paket aufzuheben und wunderte sich, wie leicht dieser Mann war, höchstens sechzig Kilo. Dann fiel ihm die Treppensackkarre ein. Er holte das Ding hoch, hievte den eingewickelten Toten darauf, befestigte ihn mit dem Seil, das an die Karre gewickelt war, und ruckelte Stufe für Stufe die Treppe hinunter in den Heizungskeller. Dort stellte er die Ladung hin. Dann wurde auch ihm schlecht. Es gelang ihm gerade noch, ins Klo neben der Garage zu gelangen, wo er sich auf den Knien in die Kloschüssel erbrach. Taumelnd ging er die Treppe hoch, er wollte einen Kessel mit Wasser und Scheuerlappen in der Küche holen, überlegte es sich – kaum dort angelangt – anders, ging einen Stock höher zum Gästezimmer, schlug mit der Faust an die Tür und schrie: «Die Leiche ist weg, das Blut vom Boden wegwischen kannst du selber», und er konnte es nicht unterlassen, anzufügen: «Davor wird dir ja sicher nicht ekeln, wenn du dich schon von einem Afghanen ficken lässt!»

Darauf ging er nach draussen, um eine zu rauchen. Dann fiel ihm ein, dass er ja zur Arbeit hätte fahren sollen. Er rief im Departement an und erklärte, dass er erst am Nachmittag ins Geschäft kommen würde, Unaufschiebbares würde er online erledigen.

Er überlegte: Was sag ich, wenn der andere Afghane mit dem Kind zurückkommt? Er warf die Zigarettenkippe in eine Wasserpfütze und ging in den Keller. Er wollte die Tür zum Heizungskeller mit dem Schlüssel abschliessen. Den fand er aber nicht. Er suchte überall. Viele Haken und Nägel steckten in der Wand neben dem Warmwasserbehälter. Dort hingen allerlei Werkzeuge, auch verschiedene Schlüssel, aber keiner passte. Fluchend zog er die Türe von aussen mit Gewalt zu und stellte die Leiter, die gleich daneben an einem Metallhaken an der Wand hing, vor die Tür. Als er sich umdrehte, stand da der Briefträger. Er erschrak so heftig, dass er ihn anbrüllte: «Was machen Sie da, wieso kommen Sie einfach so ins Haus hinein?» Gleichzeitig fiel ihm ein, dass bis anhin ein vertrautes Verhältnis zum Briefträger bestanden hatte, und er entschuldigte sich. «Tut mir leid, ich bin so erschrocken, ich hab Sie erst gar nicht erkannt, Sie sind wieder da? Was macht das Knie?

«Das ist neu.»

«Neu?»

«Ja, neu, das Gelenk ist neu. Hier, ein eingeschriebener Brief … ich habe geläutet, zwei, drei Mal. Das Garagentor war offen …»

«Schon gut, kommen Sie.»

Meili führte den Briefträger möglichst vom Heizungskeller weg zur Garage. Während sie sich dorthin bewegten, tauchte oben im Treppenhaus Susanne auf. Sie hatte sich einen Morgenmantel umgeworfen, die Haare standen wirr vom Kopf, und sie sah völlig verstört aus. Ohne Guten Tag zu sagen, sagte sie: «Der Brief ist für mich.»

Der Briefträger warf einen kurzen Blick auf den Briefumschlag, und tatsächlich, er war an Frau Meili adressiert. Susanne nahm den Brief und unterschrieb auf einem Touchscreen, welchen ihr der völlig konsternierte Briefträger hinhielt und worauf jede Unterschrift zu einem nicht identifizierbaren Gekritzel wird. In Anbetracht von Susannes zitternden Händen hätte diese Signatur wohl kaum zur Identifikation getaugt. Meili stand wie erstarrt daneben, und der Briefträger verstand gar nichts mehr. Ohne einen Gruss stieg Susanne wieder die Treppe hoch. Normalerweise wurde der Pöstler in diesem Haus freundlich empfangen, und meist gab es einen kleinen Schwatz.

«Alles in Ordnung?», fragte der Briefträger, dem dieses Verhalten unerklärlich war.

«Ja, natürlich, alles bestens», versicherte Meili unglaubwürdig. «Auf Wiederschauen.»

«Wiedersehn, schönen Tag noch», sagte der Briefträger, stieg auf sein Elektromobil, schaute nochmals besorgt zurück und fuhr los.

Meili fragte sich nur ganz kurz, was das wohl für ein

Brief sein könnte. Etwas Wichtiges musste es sein, sonst hätte sich seine Frau niemals in diesem ungepflegten Zustand gezeigt. Aber er hatte jetzt ganz andere Probleme. Er stieg die Treppe hoch, ging in die Küche, öffnete den Kühlschrank, entnahm eine Flasche Bier, setzte sich und trank sie halb leer. Seine Frau hatte sich inzwischen wieder ins Gästezimmer zurückgezogen. Kaum fähig, einen klaren Gedanken zu fassen, entschied er sich zuletzt, das zu tun, was er nach seiner Panne an der Neubrückstrasse beabsichtigt hatte, nämlich ins Departement zu fahren. Er duschte, wechselte die Kleidung, steckte die schmutzige in einen Plastiksack und schmiss ihn zur Leiche in den Heizungsraum. Dabei fiel ihm wieder ein, wo sich der Schlüssel befand. Der hing nicht dort drin, sondern logischerweise ausserhalb der Heizung; am selben Ort, wo die Leiter gehangen hatte. Er schloss die Türe zum Heizungsraum zu, steckte den Schlüssel in die Jackentasche, stieg ins Auto seiner Frau und fuhr los.

Beim Pavillon hielt er an. Er schaute hinein, da lagen noch eine Regenhaut, eine Jacke, ein paar Schuhe, in einem Plastikbehälter Toilettenartikel und Ausweispapiere, sonst konnte er nichts entdecken, was auf den Aufenthalt der Flüchtlinge hingewiesen hätte. Er ging nochmals zurück ins Haus, holte einen Plastiksack, steckte die wenigen Habseligkeiten des Toten hinein und dachte, sie irgendwo auf dem Weg in die Stadt zu entsorgen. Möglich wäre ja, dass der andere Afghane mit dem Kind nochmals zurückkäme. Er wusste nicht, zu welchem der beiden Männer das Kind gehörte, ob einer ein Onkel, ein Bekannter oder gar der Vater war. Es wäre besser, hier endlich ein Schloss anzubringen, dachte er und fuhr los.

Nach der Halenbrücke, wo die Strasse in den Wald hineinführte, befiel die Gewissheit, dass er einen Menschen umgebracht hatte, Meilis psychosomatisches System. Er musste neben der Strasse halb unter den Bäumen anhalten und sich nochmals übergeben. Es kam nur Galle. Stämme waren hier aufgestapelt und davor Pfosten in den Boden gerammt. Sein Herz schlug wie wild. Er setzte sich seitlich auf den Autositz, die Beine ausserhalb des Wagens, und erbrach sich. Darauf kriegte er einen Hustenanfall, an dem er fast glaubte, ersticken zu müssen. Er sass noch eine Weile völlig erschöpft da und schaute durch die Bäume in den Wald hinein.

Inzwischen war es schon halb zwölf geworden, und er überlegte, ob es überhaupt sinnvoll wäre, vor der Mittagspause im Geschäft zu erscheinen. Er hievte seine Beine ins Auto und fuhr los. Vielleicht ganz gut, etwas Beflissenheit vorzutäuschen. Hunger verspürte er keinen. Jedoch Durst. Seine Frau hatte immer eine Flasche Mineralwasser im Auto. Das Getränk war lauwarm und abgestanden, aber nachdem er einige Schlucke getrunken hatte, ging es ihm etwas besser.

Als seine Arbeitskollegen nach der Mittagspause aus dem Bistro zurückkamen, sass er schon an seinem Arbeitsplatz. Im Laufe des Nachmittags schaute der eine oder andere Kollege beim Vorbeigehen durch die teilweise verglasten Wände und konnte nichts Aussergewöhnliches feststellen, ausser dass Meili seltsam starr in seinem Bürostuhl sass und ununterbrochen auf den Bildschirm seines Computers starrte, was nicht weiter auffiel; zumindest hatte er Präsenz markiert.

Nach Feierabend reihte er sich in den abendlichen Stau auf der Neubrückstrasse ein. Die Abendsonne schien zwischen den Bäumen des kleinen Bremgartenwaldes hindurch, Krähen flogen von Baum zu Baum und krächzten hämisch auf die fluchenden, rauchenden oder auf das Smartphone starrenden Fahrer in ihren Blechkisten hinunter. Wenn einer oder eine sich allzu intensiv mit diesem elektronischen Gerät beschäftigte und nicht vor sich auf die Strasse geschaut und bemerkt hatte, dass man zwei Meter weiter hätte fahren können, waren keine Krähen mehr zu hören, dafür ein kleineres Hupkonzert. Meili hingegen war so in seine Gedanken vertieft, dass er kaum etwas davon wahrnahm. Er überlegte, wie und wo er die Leiche am besten entsorgen könnte. Als sich der Stau langsam auflöste und die Autokolonne bei der Halenbrücke ankam, hatte er eine Idee.

Zu Hause angelangt, fand er seine Frau auf dem Sofa liegend vor. Den Boden davor hatte sie gereinigt. Neben sich eine Flasche Wodka, von der sie aber nur wenig getrunken hatte. Als Meili etwas sagen wollte, stand sie auf, packte die Wodkaflasche und ging ohne ein Wort zu sagen die Treppe hoch ins Gästezimmer. An ein gemeinsames Nachtessen war also nicht zu denken. Meili hatte das auch nicht erwartet und schaute in den Kühlschrank. Da waren einige Joghurts, etwas Wurst, Salat und Eier. Das Tiefkühlfach war voll mit Früchten, Fisch und irgendwelchem Fleisch. Er entnahm zwei Eier, schaltete den Kochherd ein, schlug die Eier am Rand einer Bratpfanne auf und machte sich zwei Spiegeleier. Die ass er mit etwas Brot; er musste nicht mehr erbrechen. Die Pfanne liess er auf dem Herd stehen.

Um seinen Plan umzusetzen, musste er die Dunkelheit abwarten. Jetzt, Mitte Juli, dürfte sie kaum vor einundzwanzig Uhr zu erwarten sein. Er ging erst mal in den Keller und öffnete die Tür zum Heizungsraum. Bei der Leiche war längst die Leichenstarre eingetreten, und sie hing etwas schief auf der Treppensackkarre. Abwarten, bis sich diese Starre wieder löste, konnte er nicht, das könnte zwölf Stunden und mehr dauern. Er wollte die Leiche auf jeden Fall heute aus dem Haus schaffen. Er schloss die Türe wieder zu und wollte sich im Wohnzimmer etwas hinlegen. Meili graute davor, sich aufs Sofa zu legen, deshalb ging er in sein Schlafzimmer. Dort öffnete er erst das Fenster, schloss es aber sogleich wieder, es regnete in Strömen. Er legte sich hin, stellte die Weckfunktion an seinem Handy auf einundzwanzig Uhr und schlief nach längerer Zeit ein.

Als das Handy schrillte, wunderte er sich, dass er überhaupt hatte schlafen können. Es war schon beinahe dunkel. Susanne war nicht zu sehen, unten in der Wohnung war sie jedenfalls nicht. Er ging die Treppe hinunter in die Garage. Dort zog er die Stiefel an, die voller Dreck waren. Aber was sollte das jetzt für eine Rolle spielen, dachte er. Er musste eine Leiche beiseiteschaffen, einen Mann, den er mit einer Wasserrohrzange zu Tode gebracht hatte, während dieser Mensch seine Frau vögelte. Während er die Hintersitze im Kombi seiner Frau hinunterklappte, dachte er: Genau so ist es eingetroffen, was von vielen prophezeit worden war: Diese Flüchtlinge gehen auf unsere Frauen los. Den ganzen Stauraum belegte er mit Plastikfolie, packte zwei Hundertzehn-Liter-Abfallsäcke und einen Spaten ins Auto, um sich um die starre Leiche zu kümmern. Er zog Arbeitshandschuhe an, die er jeweils für Gartenarbeiten brauchte, und trug die Leiche vom Heizungsraum zum Auto und hievte sie in den Kofferraum. Dabei wunderte er sich wieder, wie leicht dieser Mann war. Er rollte den Toten aus dem Teppich. Den zerschnitt er mit dem Teppichmesser in kleine Stücke und stopfte sie samt den Kleidern des Toten, die er vormittags im Pavillon vorgefunden hatte, in die Abfallsäcke. Dann fuhr er los.

Die Nacht war sternenlos. Er kam sich wie ertappt vor, als er in die Bernstrasse einbog und die ersten zwei Autos, die ihm entgegenkamen, lichthupten, bis er realisierte, dass er ohne Licht fuhr. Dass die Aare immer noch Hochwasser führte, nahm er unbewusst wahr. Wie in Trance fuhr er über die Halenbrücke, und erst als er danach in den Wald einfuhr, begann Meili wieder klar zu denken. Fast alle umgestürzten Bäume waren weggeräumt und in einen Meter lange Stücke geschnitten, die zwischen zwei senkrecht in den Boden gerammten Pfosten zu Stapeln aufgeschichtet waren. Von Weitem sah er, dass auf einem dieser Pfosten die Baseballmütze des Bärtigen hing, der heute früh zusammen mit den Schwarzen geholfen hatte, Reisig und Äste wegzuräumen. Die hatte er wahrscheinlich verloren, und Waldarbeiter hatten sie dort auf den Pfosten gesteckt. Er fuhr direkt zu dem Stapel, und weil das Gelände hier ziemlich flach war, konnte er sogar hinter der Holzbeige parkieren und war somit von der Strasse aus nicht zu sehen. Verkehr gab es praktisch keinen, nur vereinzelt fuhr mal ein Wagen in die eine oder andere Richtung.

Nachdem er das Licht am Auto ausgeschaltet hatte, musste er sich erst etwas an die Dunkelheit gewöhnen. Er zog die Handschuhe an, nahm das Seil, mit dem die Leiche an die Sackkarre gebunden gewesen war, band es an beide Füsse des Toten und zog ihn so aus dem Kofferraum. Der tote Mann knallte auf den Boden, und Meili stand einen Moment da. Als ein Auto vorbeifuhr und die schwarz-violette Mütze von den Scheinwerfern angestrahlt wurde, holte er sie vom Pfosten herunter.

Er schleifte die Leiche bäuchlings in den Wald hinein. Immer wieder blieb die tote Last an herumliegenden Ästen, an einem Strauch oder Baum hängen, und er musste sie aus einem Hindernis lösen; was in der Dunkelheit gar nicht so einfach war. Der Waldboden war aufgeweicht, was das Gehen mühsam machte. Einmal raschelte es im Unterholz. Meili erschrak. Nur ein Tier, das geflüchtet war. Licht mit einer Taschenlampe zu machen getraute er sich nicht. Nach etwa hundert Metern blieb er ein paar Minuten schwer atmend stehen. Irgendwo krächzte ein Vogel. Ein Kauz oder Eichelhäher, dachte Meili. Er löste das Seil von den Beinen des toten Flüchtlings. Die Mütze warf er hier auf den Waldboden. Und während er zurück zum Wagen ging, erschrak er beinahe über seine kriminelle Energie, mit der Mütze vielleicht sogar eine falsche Fährte gelegt zu haben.

Körperlich und psychisch erschöpft setzte er sich ins Auto. Trotzdem war er noch fähig, fast buchhalterisch genau zu rekonstruieren, ob er sich beim Wegschaffen der Leiche einen Fehler erlaubt hatte, der einen Verdacht auf ihn lenken könnte. Und auf eine Art und Weise war er ganz zufrieden. Ohne die Scheinwerfer einzuschalten, fuhr er erst hinter dem Holzstapel hervor. Er überlegte, wo er am besten die vollen Kehrichtsäcke entsorgen sollte. Jedenfalls nicht in der Nähe seines Wohnortes. Er wartete einen Moment ab, in dem kein Auto zu sehen war, schaltete dann das Licht ein und fuhr los, Richtung Innenstadt.

Es war inzwischen halb elf geworden. Er fuhr durch die Neubrückstrasse bis zu den Pollern, die um diese Zeit die Weiterfahrt zur Innenstadt verunmöglichten. Er wendete und fuhr bis zu den Sportanlagen. Dort hielt er an, steckte das Seil, die Handschuhe und die Plastikfolie, mit der er den Kofferraum abgedeckt hatte, in einen der beiden Abfallsäcke und schmiss sie in den Abfallcontainer, der dort vor einem Absperrgitter herumstand. Beim Wegfahren schaute er ein-, zweimal zurück. Er war sich sicher, dass niemand ihn beobachtet hatte. Bis zur Halenbrücke kam ihm kein einziges Auto entgegen. Als er sich seinem Haus näherte, sah er, dass im Wohnzimmer Licht brannte. Nachdem er das Auto in die Garage gefahren hatte, stieg er zur Wohnung hoch. Jetzt brannte kein Licht mehr. Seine Frau hatte sich rechtzeitig ins Gästezimmer zurückgezogen. Das war ihm gerade recht, er hatte im Moment keinerlei Lust, ihr zu begegnen. Er holte aus der Hausbar den Whisky, setzte sich an den Küchentisch, füllte ein Glas zwei Fingerbreit und trank es in einem Zug leer. Er füllte das Glas ein zweites Mal, trank es aus und ging dann in sein Schlafzimmer. Die Tür zu Susannes Zimmer stand offen. Das Bett war abgezogen, nur die nackte Matratze lag da. Meili ging in sein Zimmer, legte sich ins Bett und schlief sofort ein.

ACHT

Um sechs Uhr dreissig intonierte Meilis Wecker die elektronische Version von Mozarts «Rondo alla turca».

Er stand lange unter der Dusche und stellte sich vor, wie es wäre, wenn man mit heissem Wasser nicht nur erfrischt und gewaschen, sondern auch von seiner Tat gereinigt würde. Weil dem nicht so war, versuchte er sich damit zu beruhigen, dass er sein ganzes Verhalten vom Totschlag bis zur Entsorgung der Leiche im Geiste nochmals rekonstruierte, und er war überzeugt, alles richtig gemacht, jeden Verdacht von sich abgelenkt zu haben. Von Susanne war nichts zu sehen und nichts zu hören. Trotz allem, was geschehen oder nicht geschehen war, vermisste er im Moment den gemeinsamen Frühstückstisch. Er ging zum Kühlschrank, entnahm daraus eine Tetrapackung, setzte sie an den Mund, spuckte die Milch jedoch angewidert wieder aus, sie war sauer. Er steckte eine Kaffeekapsel in die Kaffeemaschine und trank nachher einen zweiten Espresso, dazwischen zog er sich an. Daraufhin rief er in der Werkstatt an und erfuhr, dass die Arbeiten an seinem Auto erledigt seien. Das hiess mit dem ÖV zur Arbeit fahren, er konnte ja nicht mit zwei Autos gleichzeitig zurückfahren.

Zu Fuss machte er sich auf den Weg. Als er am Pavillon vorbeikam, überlegte er, wohin der andere Flüchtling mit dem Kind gegangen sein könnte. Weshalb der schon nach der ersten Nacht wieder weggegangen war, wusste er nicht. Ob er etwas mitbekommen hatte von Susannes Willkommenskultur? Da beide Asylsuchenden vielleicht doch untergetaucht waren und sich deshalb illegal hier aufhielten, würden sie sich hüten, an eine offizielle Stelle zu gelangen.

Sicher war sich Meili aber nicht. Er ging weiter Richtung Bushaltestelle. Es regnete wieder leicht, aber nicht so, dass er nochmals zurückgehen müsste, einen Schirm zu holen. Es tropfte von den Bäumen, und ihn fröstelte. Er ging etwas zügiger, und als er zur Halenbrücke kam, sah er gerade noch, wie das Postauto wegfuhr, das hiess acht Minuten warten, bis das nächste kam. Er fröstelte noch mehr.

Der nächste Bus war völlig überfüllt. Sitzplätze gab es keine mehr. Er musste stehen. Als der Bus durch den Bremgartenwald fuhr, fiel ihm auf einmal ein, dass er ein wichtiges Beweisstück völlig vergessen hatte: die Wasserrohrzange. Er erinnerte sich nicht einmal mehr, wo er sie nach der Tat hingelegt hatte. Aber er konnte jetzt unmöglich nochmals umkehren, um sie verschwinden zu lassen, und zu spät ins Geschäft kommen, das könnte seine Kollegen langsam, aber sicher allzu sehr irritieren.

Dort hatte sich wegen seiner mehrmaligen Absenz ein unüblicher Berg von Arbeit angehäuft. Es war normalerweise nicht seine Angewohnheit, Arbeiten auf die lange Bank zu schieben.

***

«Der DNA-Test hat ergeben, dass der Dieb vom Marzili und die Leiche in der Aare dieselbe Person sind», sagte Freuler, der als Erster den Bericht des Instituts für Rechtsmedizin erhalten hatte. In der Zwischenzeit war auch eine Vermisstmeldung eingegangen. Schweizer Eltern vermissten ihren zweiundzwanzigjährigen Sohn. Das DNA-Profil stimmte mit den Eltern überein. Eine direkte Identifikation konnte ihnen zum jetzigen Zeitpunkt nicht zugemutet werden, der Junge war völlig entstellt.

«So viel zum Araber», sagte Coric lakonisch.

«Hauptsache, der Fall ist geklärt», sagte Freuler.

«Aber immer zuerst Ausländer verdächtigen.»

«Das war auch die erste Meinung des Rechtsmediziners, und der ist …?»

«Iraner, ja, ich weiss.» Coric spielte die Geschlagene.

«Es gibt ja die Statistik, dass fünfundsiebzig Prozent der Gefängnisinsassen Ausländer sind.»

«Die meisten sind Kriminaltouristen, wohnen nicht in der Schweiz», konterte Coric.

«Wie auch immer, uns geht die Arbeit nicht aus», sagte Freuler in einem die Diskussion abschliessenden Ton.

Das Telefon klingelte.

«Wo? – Können Sie aus dem Wald zur Neubrückstrasse hingehen und ein Zeichen geben, wir sind in einer Viertelstunde da. Ja, danke.»

«Und?»

«Eine Leiche im Bremgartenwald.»

«Zu Land und zu Wasser …»

«… und in der Luft», ergänzte Freuler.

Coric steuerte. Der Kriminaltechnische Dienst und ein Notarzt fuhren gleich hinterher. Etwa fünfhundert Meter nach der Autobahnausfahrt stand eine etwa sechzigjährige Frau vor einem Stapel Holz auf der linken Seite der Neubrückstrasse und winkte mit der Hand. Die Crew überquerte die Strasse. Es gab glücklicherweise für beide Autos genügend Platz neben der Holzbeige. Der Kriminaltechniker war schon ausgestiegen und fuchtelte mit den Armen, was bedeuten sollte, die Fahrzeuge sollten nicht zu nahe zur Holzbeige hinfahren, weil dadurch allfällige Reifenspuren verwischt würden.

Zusammen mit der Frau ging die Crew etwa hundert Meter in den Wald hinein. Aus einiger Entfernung war das Kreischen einer Motorsäge zu hören. Wenn sie sich nicht ins Holz frass, tuckerte sie nur, und man hörte auch mal einen Vogel zwitschern. Auch hier hatte der Sturm einige Bäume entwurzelt. Inmitten von Brombeerstauden und dürren Zweigen lag ein Mann auf dem Bauch. Gemeinsam drehten sie die Leiche auf den Rücken. Dass er schon längere Zeit tot war, darüber bestand kein Zweifel. Sie schätzten den Mann auf etwa dreiundzwanzig bis fünfundzwanzig Jahre.

«Todeszeitpunkt?», fragte Freuler.

«Höchstens vierundzwanzig Stunden», sagte der Notarzt und orderte telefonisch den Leichenwagen. «Könnte ein Araber sein», meinte er. In seinen Kleidern waren keinerlei Papiere ausser einem Rest eines zerknitterten Beleges von Western Union.

Coric räusperte sich vielsagend. Freuler blickte sie nur kurz an, sagte dann: «Ein Asylsuchender, der Geld nach Hause schickt.»

«Zertrümmerte Schläfen, da wurde heftige Gewalt angewendet. Vermutlich nicht hier, der Tote wurde hierhergeschleppt», sagte der Kriminaltechniker und deutete auf das zertrampelte Unterholz.

«Wie kommst du darauf?», wunderte sich Freuler. «Die Spuren könnten genauso gut von uns sein.»

«Die im Unterholz ja, das hier nicht», erwiderte der Kriminaltechniker und deutete auf die aufgeschürfte Haut um beide Knöchel. «Da war höchstwahrscheinlich mal ein Seil befestigt. Gesicht und Hände waren völlig aufgeschunden. Der Täter muss den Mann auf dem Bauch hierhergeschleift haben.»

«Das hier ist ganz sicher nicht von uns», sagte Coric und hielt mit behandschuhter Hand eine schwarz-violette Mütze in die Höhe. «Die könnte der Täter vergessen haben.»

«Vom FC St. Gallen», sagte der Kriminaltechniker. «Ein Ladies' Cap?»

«Also könnte auch eine Täterin in Frage kommen», sagte Freuler.

«... die enttäuscht war, weil der FC St. Gallen gegen YB verloren hat, und deshalb einen Emigranten erschlägt», fügte Coric bei.

Die Frau, die die Leiche gefunden hatte, wunderte sich über den Sarkasmus dieser Leute, nahm ihren Korb, in dem einige Steinpilze lagen, und entfernte sich etwas vom Tatort. Freuler bat sie um ihre Adresse und bedankte sich. Coric suchte die nähere Umgebung ab, konnte aber nichts finden.

Inzwischen war der Leichenwagen eingetroffen. Zwei Männer stiegen aus. Der eine, mit einer orangen Jacke mit reflektierenden gelben Streifen, stellte eine Art Pannendreieck auf die Fahrbahn und regelte den Verkehr. Der Leichenwagen stand mitten auf der Strasse, weil neben dem Holzstapel kein Platz zum Parkieren mehr übrig geblieben war. Die Leiche wurde von dem Mann des Bestattungsamtes und der Kriminaltechnik auf eine Bahre gehoben, abtransportiert und in den Leichenwagen geschoben.

Zwei Waldarbeiter, aufmerksam geworden, hatten ihre Kettensägen abgestellt und näherten sich. Freuler nutzte die Gelegenheit, die zwei zu befragen. Es sei ihnen nichts Besonderes aufgefallen. Ausser der Mütze, die seine Kollegin in den Händen halte, ob sie die vom Pfosten heruntergeholt habe, fragte der eine.

«Wie kommen Sie darauf, dass die Mütze hier auf dem Pfosten gewesen sein soll?», wunderte sich Freuler.

«Ich habe sie selber da raufgesteckt.»

«Sie? Wie kam die hierher?»

«Gestern, als wir die Strasse von umgestürzten Bäumen räumten, haben ein Schweizer Mann und zwei Schwarze tatkräftig mitgeholfen. Wir haben uns über diese Hilfsbereitschaft gewundert. Der Schweizer trug diese Mütze und hatte sie wahrscheinlich verloren. Ich habe sie hier gefunden und auf den Pfosten gesteckt.»

«Sonst ist Ihnen nichts Besonderes aufgefallen?»

«Nein.»

«Haben Sie diesen Mann gekannt?»

«Nein, woher auch, aber ich habe mir gedacht, das könnte einer von diesen Waldbewohnern sein.»

«Waldbewohner?»

«Ja, diese paar Aussteiger, die illegal im Wald wohnen oder campieren oder was weiss ich», sagte der Waldarbeiter mit despektierlichem Unterton.

«Könnten Sie den beschreiben?»

«Was soll ich sagen, diese Typen sehen ja fast alle etwa gleich aus. Vierzig, fünfundvierzig Jahre alt, schlank, ich glaube, blond oder schon grau, er hatte ja meist diese Mütze auf, schlecht rasiert, etwas ungepflegt, aber hilfsbereit, auch die zwei Ne... äh, Schwarzen.»

«Ja gut, vielen Dank. Ich gebe Ihnen hier meine Karte, falls Ihnen noch was einfällt.»

Der eine Mitarbeiter des Bestattungsinstituts holte das Pannendreieck von der Strasse, stieg ein, und der Leichenwagen fuhr los. Die zwei Waldarbeiter entfernten sich.

Coric, Freuler und der Mann vom Kriminaltechnischen Dienst standen eine Zeit lang diskutierend beim Holzstapel. Freuler schaute immer wieder zu dem Pfosten hoch, wo die Mütze laut dem Waldarbeiter gehangen hatte. Das Kreischen der Kettensäge war jetzt wieder zu hören. Die drei Beamten setzten sich in ihre Autos und fuhren los. Kaum weggefahren, goss es vom Himmel, dass die Scheibenwischer kaum der Wassermassen Herr wurden. Donner krachte, und irgendwo im Bremgartenwald schlug der Blitz ein.

Dass der Tote keine Papiere auf sich trug, war an der Fundstelle schon festgestellt worden. Coric meinte, die lägen vielleicht in einem Asylzentrum, Freuler mutmasste, der Flüchtling hatte sie entsorgt. Die Aufgabe bestand darin, erst einmal alle Asylheime abzuklappern und nach einem vermissten Mann zu fragen.

Am Nachmittag kamen bereits die ersten Ergebnisse aus dem Institut für Rechtsmedizin. «Wir haben an den Hosen des Mannes Spermaspuren gefunden, die von ihm stammen», wurde Freuler telefonisch mitgeteilt. «Nebst seiner eigenen DNA sind einige andere vorhanden, die von ganz zufälligen Berührungen am Verbrechen Unbeteiligter stammen könnten. Das Gesicht des Mannes ist völlig entstellt, Fingerabdrücke sind genommen worden. Es war gar nicht so einfach, der Mann hatte an seinen Fingerkuppen manipuliert», sagte die Ärztin des Instituts für Rechtsmedizin. «Es gibt Asylsuchende, die damit versuchen ihre Identität zu verschleiern. Die Daten wurden umgehend an die Fingerabdruckdatenbank des Bundesamtes für Polizei, fedpol, übermittelt. Trotz der Spermaspuren scheint ein Sexualdelikt eher unwahrscheinlich. Es kommt zwar öfter vor, dass Männer kurz vor dem Tod einen letzten Orgasmus haben. Irritierend war, dass der Hosenladen offen war.»

«Vielleicht wurde er beim Onanieren von einem Taliban erschlagen», sagte Coric und löste damit ein unpassendes Gelächter aus.

«Papiere des Toten haben wir keine, wir müssen die Ergebnisse der fedpol abwarten», gab Freuler zu bedenken. «Oder vielleicht wird ihn irgendwer vermissen.»

«Es ist ja nicht nur der Hinterkopf verunstaltet, auch das Gesicht ist völlig unkenntlich», sagte Coric. «So bringt ein Foto des Mannes, welches allen Asylzentren zugestellt wird, gar nichts.»

«Vielleicht erinnert sich der eine oder andere trotzdem, wer das sein könnte», sagte ein Beamter, der bei der Bergung der Leiche dabei gewesen war.

«Man kann es mindestens versuchen mit einem Foto. Der Mann wird erst mal tiefgefroren», sagte Freuler.

Als er aus der Hauptwache kam, regnete es nicht mehr. Von ferne war noch ein Donnergrollen zu hören, und über dem Bundeshaus wetterleuchtete es am Himmel. Es war schwülwarm. Trotzdem verspürte Freuler ein grosses Bedürfnis, sich zu bewegen. Deshalb nahm er nicht den Bus bis zur Nydeggbrücke, um so den Muristalden hoch zum Kollerweg nach Hause zu gelangen, sondern machte einen kleinen Umweg. Er ging zum Bundesplatz, die Amthaus- und Herrengasse entlang zum Münsterplatz, die Fricktreppe hinunter zur Aarstrasse und über die Dalmazibrücke zum Schwellenmätteli. Dort war eine Kellnerin damit beschäftigt, mit einem Tuch die Tische im Freien trocken zu reiben. Als sie Freuler sah, trocknete sie einen Stuhl besonders sorgfältig und rückte ihn so zurecht, dass er sich erfreut hinsetzte und sich bei der Kellnerin bedankte. Er bestellte ein Bier. Als die Kellnerin das Bier brachte, stellte sie automatisch einen Aschenbecher auf den Tisch, weil Gäste, die sich selbst bei unsicherer Witterung draussen hinsetzten, meist Raucher waren. Eigentlich wollte Freuler gar nicht rauchen, aber, dachte er, vielleicht wäre es unhöflich gewesen, es zu unterlassen, da die Serviererin extra einen Aschenbecher hingestellt hatte … also zündete er sich eine an. Ihm fiel der Tag ein, als er, kurz nachdem er von Basel hierhergezogen war, auch hier gesessen und ein Bier getrunken hatte. Diesmal drückte er die Zigarette im Aschenbecher aus. Er erinnerte sich daran, dass er damals die Kippe in die Aare geschmissen hatte und daraufhin von einem weiteren Gast gerügt worden war. Auf dem Weg zu den Englischen Anlagen blickte er zwei-, dreimal zur Kirchenfeldbrücke hoch, und ihn schauderte.

***

Meili staunte nicht schlecht, als er nach der Arbeit als Erstes zur Garage schlenderte, um sein Auto abzuholen. Kein Motorschaden, nichts. Das Einzige, was gefehlt hatte, war Benzin. Beim heftigen Sturm vorige Woche, als er mit dem Wagen inmitten dieser Turbulenzen stand und das Auto zur Seite gekippt war, hatte sich der Schwimmer der Benzinanzeige verklemmt und somit beständig einen vollen Tank angezeigt, obwohl kaum noch etwas drin gewesen war. Es war eine Kleinigkeit, das zu beheben. Einen Termin für die anstehenden Karosseriearbeiten zu vereinbaren, hatte Meili keine Musse. Er wollte so schnell wie möglich nach Hause, um die Wasserrohrzange verschwinden zu lassen.

Er zahlte die Tankfüllung, bedankte sich und fuhr los. Hielt auf dem Vorplatz gleich wieder an, um sich eine Zigarette anzuzünden, fand kein Feuerzeug. Also stieg er nochmals aus, um den Garagisten um Feuer zu bitten. Der war bereits wieder an der Arbeit und beugte sich über einen Motor unter einer aufgeklappten Kühlerhaube. Meili fand es nicht angebracht, ihn zu stören, stieg fluchend wieder ins Auto und fuhr los. Der Garagenbesitzer richtete sich auf, schaute ihm nach und schüttelte den Kopf.

Meili fuhr der Tiefenaustrasse entlang durch den Tunnel zur Neubrückstrasse. Beim Kreisel, wo die Bernstrasse einmündet, verursachte er beinahe einen Unfall, weil er den Vortritt eines anderen Autofahrers verweigerte. Fluchend fuhr er den Aarestutz hinab. Zu Hause angelangt ging er als Erstes in den Heizungsraum, wo die Wasserrohrzange nebst anderem Werkzeug an der Wand gehangen hatte. Dort war sie nicht. Er suchte sie überall, auf der Werkbank, in den Schubladen, an Haken, die dort angebracht waren. An allen möglichen und vor allem unmöglichen Orten, wo er sie keinesfalls hingelegt zu haben dachte. Er fand sie nicht; ausserhalb des Heizungsraumes, an der Wand, wo ebenfalls Werkzeug hing, nichts. Selbst in der Garage, wo der Wagen seiner Frau stand, suchte er überall, im Innern und unter dem Auto, obwohl er wusste, die Mordwaffe nicht hierhin getragen zu haben. Auch im Klo neben der Garage lag keine Wasserrohrzange. Panik befiel ihn. Er hastete die Treppe hoch. Dort war sein Erstaunen im ersten Moment beinah grösser als die Panik. Susanne stand in der Küche und bereitete das Abendessen vor. Der Tisch im Wohnzimmer war gedeckt, nicht festlich, aber immerhin.

Die Irritation darüber wich sogleich wieder der Sorge um die nicht aufgefundene Wasserrohrzange. «Weisst du, wo die Wasserrohrzange ist?»

«Du meinst die Mordwaffe?»

«Ja, verdammt noch mal.»

«Ich habe sie vergraben.»

«Vergraben? Wo?»

«Im Garten.»

Meili schaute seine Frau mit offenem Mund an. Er wusste im Moment nicht, sollte er empört oder erleichtert sein. «Wo genau und wie tief?», fragte Meili irritiert, trotzdem in einem nicht mehr ganz so besorgten Ton.

«Hinter dem Pavillon.»

«Hinter dem Pavillon? Wie tief?»

«Weiss ich nicht … So tief wie der Spaten.»

«Die findet doch jeder Hund. Hast du sie wenigstens gereinigt?», fragte Meili aufgebracht.

«Nein, weshalb auch», sagte Susanne mit einer Stimme, die besagen sollte: Die brauchen wir doch nicht mehr.

«Wenn dich jemand gesehen hat?»

«Es war dunkel. Du hast die Leiche entsorgt und ich die Zange», sagte Susanne, mit dem Subtext: Gerechtigkeit muss sein.

Meili war erst mal völlig baff, dann sagte er: «Wo war sie überhaupt?»

«Unten im Klo, neben der Garage.»

Meili verstand erst mal gar nichts mehr, ass dann ein Stück vom Käsekuchen, den Susanne gebacken hatte. Schon wieder, dachte er. Ob er schmeckte oder nicht, konnte er im Moment nicht beurteilen. Seine Frau musste unter Drogen stehen, anders war ihr Verhalten nicht zu erklären. Susanne setzte sich jetzt auch an den Tisch und ass vom Käsekuchen. Schweigend sassen sie sich gegenüber. Susanne kaute ausgiebig, wohingegen Meili den Kuchen eher hinunterwürgte. Er überlegte, ob er die

Wasserrohrzange wieder ausgraben sollte, um sie etwas tiefer einzugraben. Als Susanne das Stück Kuchen fertig gekaut und hinuntergeschluckt hatte, sagte sie in einem ganz ruhigen und sachlichen Ton: «Wir bewältigen das gemeinsam.»

Jetzt glaubte Meili endgültig, dass seine Frau eine Substanz intus hatte. Wahrscheinlich nahm sie einfach die dreifache Dosis der Psychopharmaka, die sie ohnehin seit einiger Zeit konsumierte, und spülte sie neuerdings mit Wodka hinunter. «Du glaubst doch wohl nicht, dass du so zur Tagesordnung übergehen kannst», sagte er, ebenso sachlich.

«Mein Vergehen, wenn es überhaupt eines ist, ist ja nicht kriminell», antwortete Susanne.

Meili stand vom Tisch auf und brüllte ihr völlig ausser sich ins Gesicht: «Du, du hast mich zum Mörder gemacht, du! Und ich Idiot glaubte erst, dich vor einer Vergewaltigung zu bewahren. Es ist wie ein schlechter Witz. Apropos nichts Kriminelles: Meines Wissens ist Beseitigung von Beweismaterial sehr wohl kriminell.» Er ging zur Balkontüre, um draussen eine zu rauchen.

«Ich sag ja, wir bewältigen das gemeinsam», sagte Susanne nochmals laut und bestimmt.

NEUN

Freuler erwachte, schaute auf die Uhr und erschrak erst. Es war halb neun. Dann fiel ihm ein, dass Sonntag war. Aus der Küche hörte er Geschirrgeklapper und die Stimmen Anitas und seiner Mutter. Er stand auf, duschte und setzte sich zu den beiden Frauen an den Frühstückstisch. Seit Freuler und seine Frau Anita vor zwei Jahren von Basel nach Bern in das Haus von Freulers Mutter umgesiedelt waren, hatte sich nicht viel verändert. Alle drei waren zwei Jahre älter geworden. Freulers Mutter war jetzt einundneunzig. Freuler und Anita beabsichtigten, einen kleinen Ausflug zu machen. Während Anita eine weitere Kapsel in die Kaffeemaschine steckte, sagte sie zu ihm: «Hat dein Vorschlag, im Bremgartenwald zu wandern, so wie meist, wenn du ein ganz bestimmtes Ziel vorschlägst, einen beruflichen Hintergrund?»

Freuler hüstelte leicht und sagte: «Nicht eigentlich. Mich würde auch ganz privat wundernehmen, ob diese jungen Leute immer noch im Wald wohnen.» Er hoffte insgeheim, auf diese Waldbewohner zu treffen, mit denen er vielleicht, ganz privat natürlich, einige Worte wechseln könnte.

«Na ja, solange kein Verhör stattfindet …»

Am Bahnhof stiegen sie in den Bus Nummer 12 und fuhren zur Station Länggasse. Dort ist es möglich, vom viel befahrenen Kreisel zu Fuss fast übergangslos in den Wald hineinzugehen. Freuler und Anita überquerten einen kleinen Platz mit Feuerstelle, wo eine Gruppe von jungen Frauen laut lachend und singend und zwischendurch Bier aus der Flasche trinkend um ein heftig rauchendes Feuer tanzte. Anita vermutete einen weiblichen Polterabend. Freuler meinte, das sei unwahrscheinlich an einem Sonntagnachmittag. Beim Weitergehen konnte er es sich nicht verkneifen zu sagen: «Ich fand schon diese Polterabende der Männer mit deren Besäufnis und Gegröle und manchmal sogar Bordellbesuchen pubertär, dass die Frauen diese Männertümelei im Gleichberechtigungseifer nachmachen, ist mir unverständlich.»

«Dazu sage ich nichts. Haben wir nicht einmal vereinbart, auf Wanderungen in der Natur keine Genderdiskussionen zu führen?»

«Entschuldige, ja», sagte Freuler schuldbewusst.

Die Frauen schienen sich jedenfalls zu amüsieren.

Beim Ententeich war der Lärm der Autobahn noch unangenehm zu hören. Das Gewässer bot auch keinen schönen Anblick. Dunkel, das Wasser vollständig abgedeckt mit Millionen von Teichlinsen. Auch die direkte natürliche Umgebung sah durch die vielen Freizeitaktivitäten strapaziert aus. Beim Weitergehen in den Wald wurde der Autobahnlärm, der von der Auffahrt und dem Teilstück, das durch den Wald führte, herrührte, immer leiser, bis zuletzt nur das Rauschen des Windes in den Bäumen und Vogelgezwitscher zu hören war. Beim Glasbrunnen machten sie eine kleine Rast. Sie tranken beide vom Wasser. Aus dem Unterholz kam ein Hund direkt auf sie zu. Er hatte wahrscheinlich den Schinken gerochen. Anita hatte in ihrem Rucksack zwei Schinkenbrote eingepackt. Hechelnd setzte er sich vor sie hin.

«Woher kommst denn du?», fragte Freuler. Der Hund schluckte einmal leer und hechelte weiter.

«Müssten Hunde nicht an der Leine geführt werden?», fragte Anita mit einem Blick zu ihrem Mann.

«Was nützen Gesetze, wenn deren Einhaltung wegen Personalmangel nicht kontrolliert werden kann?» Freuler tat so, als sei er in seiner Berufsehre angekratzt.

«Die Halterin wird sicher bald hier auftauchen.»

Es tauchten aber weder eine Halterin noch ein Halter auf. Freulers setzten ihre Wanderung fort. Der Hund lief stets hinter ihnen her. An einer Wegkreuzung bog der Hund auf einen schmalen Pfad ab, der mitten in den Wald hineinführte. Freuler ging hinter dem Hund her. Anita zögerte erst, aber dann folgte sie ihrem Mann und dem Hund, dessen zielbewusster Schritt sie verwunderte. Das Erste, was sie wahrnahm, war der Geruch von verbranntem Holz. Freuler stand vor einer Feuerstelle, um die zwei Männer sassen. Das waren also diese sogenannten Waldbewohner, von denen sie auch schon gehört und gelesen hatte. Sie boten ihr und Freuler eine Tasse Tee an, holten aus einer der Unterkünfte sogar zwei Stühle, die sie anscheinend für Gäste bereithielten. Die Waldbewohner plauderten über gesellschaftliche Zwänge, denen sie entfliehen wollten. Darüber, dass es eine Niederlassungsfreiheit gebe und der Mensch seine Art zu leben selbst bestimmen könne. Anita wunderte sich, dass hier – obwohl die zwei Männer praktisch auf dem Waldboden wohnten – eine gewisse Ordnung und Reinlichkeit herrschte. Freuler hätte gerne noch einige Fragen anderer Art gestellt, liess es aber bleiben. Jedenfalls kannte er jetzt den Standort und würde ein anderes Mal in der Funktion als Polizist zusammen mit Coric hier einen Besuch abstatten. Sie verabschiedeten sich, wünschten einen schönen Abend und gingen denselben Weg zurück. Wieder beim Glasbrunnen angelangt, setzten sie sich dort auf die Bank. Kaum hatten sie die von Anita eingepackten Brötchen fertig gekaut, fing es heftig an zu winden. Der Wasserstrahl am Glasbrunnen, der sich normalerweise in das Becken ergoss, wurde vom Wind über den Rand geblasen. Die Gipfel einiger Bäume bogen sich schon bedrohlich.

«Es sind vor allem die Lärchen, die oft alleine und ungeschützt inmitten von Jungbäumen in die Höhe ragen, die es aber meist nicht umhaut», sagte Freuler.

Nun war auch Donner zu hören, es würde nächstens anfangen zu regnen. Der Wind wurde stärker. Sie beeilten sich, weil es immer ungemütlicher wurde. Auch konnten sie, wenn wie kürzlich Bäume umstürzen oder Äste abbrechen würden, auf dem Weg erschlagen werden. Eichhörnchen rannten über den Weg, um dann rasant einen Baum hochzuklettern. Sie kamen gerade rechtzeitig aus dem Wald, als es heftig zu regnen anfing. Noch nicht völlig durchnässt erreichten sie die Busstation Länggasse. Auf dem Weg dorthin waren sie nicht die Einzigen, die ihren Sonntagsaufenthalt abrupt beendet hatten. Der Bus war brechend voll.

ZEHN

Meilis und Susannes Dasein mit ihrer Schuld brachte ihre Kommunikation völlig zum Erliegen. Nicht einmal mehr kleine Auseinandersetzungen fanden statt. Susanne hatte sich vollständig im Gästezimmer eingerichtet. Das Haus war zwar immer sauber, das Geschirr tat sie in die Spülmaschine, auch die Wäsche wurde von Susanne gewaschen; Meili hatte also stets ein sauberes Hemd. Einzig sein Auto sah immer noch schrecklich aus. Er dachte, es nächstens in die Karosseriewerkstatt zu bringen, vielleicht im Frühherbst, da konnte er noch einige Tage freinehmen, um die restlichen Überstunden zu kompensieren. Dann bräuchte er auch keinen ÖV benutzen.

Immer wenn er durch den Bremgartenwald fuhr, versuchte er gleichgültig geradeaus zu schauen, um möglichst nicht die Stelle ins Blickfeld zu bekommen, wo er die Leiche in den Wald geschleift hatte. Obwohl er für sich im Klaren war, keinen Totschlag begangen zu haben und schon gar keinen Mord, sondern nur in Notwehr gehandelt zu haben.

Vor nicht allzu langer Zeit, hatte er gelesen, als Abtreibung noch illegal war, stritten Juristen in Amerika sogar darüber, ob einem Täter, der einen Arzt umbrachte, der eben im Begriffe war, eine Abtreibung vorzunehmen, möglicherweise daraufhin der Tatbestand der Notwehr zuzubilligen wäre. Ob das so festgeschrieben worden war, wusste Meili nicht.

Als er aus dem Wald heraus- und an den Sportanlagen vorbeifuhr, wunderte er sich, dass dort keine Container mehr standen. Hatten sie darin etwas von dem, das er reingeschmissen hatte, entdeckt und sie deshalb an einem unzugänglichen Ort aufgestellt?

***

Die Asylzentren auf Berner Stadtgebiet kannte Freuler, zusätzlich gab es noch jene der Heilsarmee, insgesamt im ganzen Kanton über vierzig. «Die kriegen alle ein Foto des Toten. Bei den städtischen drei könnten wir persönlich vorbeigehen, oder was meinst du, Petra?», fragte Freuler.

«Das Gesicht ist doch völlig entstellt, kaum jemand wird den Mann identifizieren können. Ich erhoffe mir nicht zu viel. Weshalb nicht zuerst ins Zentrum Halenbrücke? Das ist am nächsten beim Fundort der Leiche.»

«Wie du meinst», sagte Freuler und googelte «Asylzentrum Bern». «Asylzentrum Halenbrücke: gehört der Heilsarmee.»

«Egal, die wohnen einfach dort, die müssen nicht beten und auf der Strasse singen, die gehen aus und ein oder holen nur ihre Sozialhilfe und verschwinden wieder», sagte Coric.

«Wir nehmen das Postauto, das fällt weniger auf. Wenn Flüchtlinge Polizeiautos sehen, befürchten sie gleich das Schlimmste», sagte Freuler. Beim Bahnhof stiegen wenige zu. Die Strasse durch den Bremgartenwald war vollständig vom Fallholz geräumt. Es regnete leicht. Einige Waldarbeiter waren immer noch mit ihren Kettensägen zugange oder stapelten die Klafter. Als sie bei der Halenbrücke ausstiegen, schickte die Sonne ihre sparsamen Strahlen zwischen dunklen Wolken zur Erde, und man spürte endlich wieder mal, dass es eigentlich Sommer war. Die meisten Leute fühlten sich seit einigen Wochen eher im Herbst. Wie wenn es unsichtbare Signale zwischen Freuler und Coric gäbe, nahmen beide fast gleichzeitig Zigaretten aus der Tasche. Freuler bot Coric gentlemanlike Feuer an. Sie schlenderten über die Strasse zur Halenbrücke. Beide schauten über die Brüstung in die träge dahinfliessende Aare. Der Raps neben der Halenbrücke war geerntet und die Karden verblüht. Beide warfen den Zigarettenstummel fast gleichzeitig ins Wasser, dabei sahen sie sich vielsagend an.

Im Asylzentrum wurden sie von einem freundlichen Mann begrüsst. Er führte sie in einen Raum, der eigentlich eine Küche war und nun als Empfangsraum diente. Am Waschbecken neben dem Kochherd stand eine Frau, die Salat wusch. In einem Teil der Küche befanden sich ein Tisch und zwei Stühle mit zerrissenem Kunstlederpolster. Auf der Eingangstüre und an den Wänden waren Zeitungsausschnitte, Kinderzeichnungen und Fotos der hier als Betreuer Beschäftigten angepinnt: Das Tagesteam, Praktikantinnen, Zivildienstler, Deutschlehrer et cetera. Das einstige Wohnzimmer war zum Büro umfunktioniert, in dem eine Frau und ein Mann vor ihren Laptops Administratives erledigten.

Der stellvertretende Leiter sah sich das Foto an, konnte den – wie er vermutete – Afghanen aber nicht identifizieren. Das Gesicht hatte sich durch die Verletzung am Kopf, das Schleifen über den Waldboden und das dortige Herumliegen sehr verändert. Er würde das Foto mit den Aufnahmen vergleichen, die von fast allen Asylbewerbern gemacht würden, die hier schon einquartiert waren.

«Waren oder sind zurzeit bei Ihnen denn Afghanen einquartiert?», wollte Freuler wissen.

«Ja, da waren welche, meist ganz junge. Da müsste ich den Leiter fragen, der ist aber momentan in den Ferien», sagte der Mann. «Und ein Afghane kommt jede Woche die Sozialhilfe abholen. Wohnen tut er aber bei Landsleuten, die schon längere Zeit in Bern leben.»

«Wusste ich gar nicht, dass das möglich ist», sagte Freuler.

«Die Flüchtlinge können sich frei bewegen, das sind ja keine Häftlinge», sagte der Mann in leicht pädagogischem Ton.

«Ja, ja», sagte Freuler etwas genervt. «Vielleicht weiss der etwas über seinen Landsmann. Haben Sie eine Adresse dieser Bekannten?»

«Ja, kann ich Ihnen geben. Moment, ich schaue nach», sagte der Mann und ging in das Büro, wo er in einem Ordner blätterte. «Im Gäbelbach, Waldmannstrasse 66, eine Familie Bakhtan, ein H nach dem K.»

«Das wär's fürs Erste. Falls dieser Mann hier auftauchen sollte, versuchen Sie ihn aufzuhalten und rufen Sie mich an», sagte Freuler.

«Ich werde es versuchen», sagte der Mann.

«Und vielen Dank», sagte Coric noch.

«Ja, vielen Dank», wiederholte Freuler.

Sie traten aus dem Haus, und Freuler murmelte: «Wohnen eigentlich alle Ausländer im Gäbelbach?»

«Wie kommst du denn darauf?», fragte Coric.

«Ich hatte vor gar nicht allzu langer Zeit einen Fall, da musste ich wegen einem Italiener an die Waldmannstrasse.»

«Von meiner Familie wohnen auch fast alle im Gäbelbach.»

«Sag ich ja … Entschuldige, es ist einfach so.» Er war schon im Begriff, seine Zigaretten aus der Tasche zu nehmen, hielt aber gleich wieder inne, weil Coric einen unmissverständlichen Blick in seine Richtung sandte.

Draussen schien die Sonne, wie wenn sie das schon den ganzen Sommer über getan hätte.

«Wir könnten etwas zu Fuss gehen, bis zur nächsten Busstation», schlug Freuler vor.

«Und die wäre?», fragte Coric.

«Neufeld, zu Fuss eine halbe Stunde, höchstens.»

«Machen wir. Die Polizei muss auch für ihre Gesundheit sorgen.»

«Du sagst es.»

Beim Neufeld angelangt, mit Sicht auf die Holzhütten der Zaffarayaner, sagte Coric: «Müssten wir denen nicht auch einmal einen Besuch abstatten? Vielleicht hat einer von denen irgendwas gesehen oder …»

«… oder … eine», ergänzte Freuler.

«Was, eine?»

«Einen Mann oder eine Frau. Spass beiseite, du hast natürlich recht, dort sollten wir unbedingt einmal vorbeigehen.»

«Überanstreng dich nicht mit Political Correctness», sagte Coric wohlwollend.

«Kürzlich haben meine Frau und ich auf einem Sonntagsspaziergang diese Waldbewohner entdeckt, die müssten wir auch einmal unter die Lupe nehmen, obwohl ich nicht glaube, dass die etwas mit dem Toten zu tun haben.»

«Die scheinbar nichtssagenden Beobachtungen können manchmal nützlich sein. Wie wäre es morgen?»

«Ja, warum nicht morgen, aber nur, wenn es nicht regnet», sagte Freuler. Nun piepste sein Smartphone, von der Hauptwache wurde ihm mitgeteilt, dass die Ergebnisse der fedpol über die Fingerabdrücke eingegangen seien. Obwohl der Mann an seinen Fingerkuppen manipuliert habe, würden die Ergebnisse auf einen gewissen Attila hinweisen, der im Asylzentrum Viktoria untergebracht sei.

«Also werden wir uns mal im ‹Viktoria› umsehen», sagte Coric.

«Ja, machen wir, gute Idee», antwortete Freuler.

Sie fuhren mit dem 102er Postauto zum Bahnhof und gingen über Treppen und labyrinthisch anmutende Pfade zur Busstation beim Loeb; dort stiegen sie in den 12er Bus und fuhren zum Viktoriaplatz.

Das «Viktoria» war in einem ehemaligen Feuerwehrdepot untergebracht. Hier wurden sie von einer jungen Frau empfangen, der Stellvertreterin des Leiters, der krank sei. Neues über angebliche Afghanen war nicht zu erfahren. Der eine, der hier einmal gewohnt habe, sei in die Stadt zu Bekannten oder Verwandten, Landsleuten, die schon Jahre hier lebten, gezogen. Ob sie sich einmal umsehen dürften, fragte Freuler. «Kein Problem», sagte die Frau, und ein junger Mann führte sie durchs Haus. Gleich neben dem Eingang war ein Raum, dessen Boden überhäuft war mit schmutziger Wäsche. Die Luft war entsprechend. Vor einer der drei Waschmaschinen kniete ein Mann, der Wäsche einfüllte. Er versuchte die Waschanleitungen an den Wäschestücken zu entziffern, ob sie mit vierzig, sechzig oder gar neunzig Grad gewaschen werden sollten, um sie dann auf den entsprechenden Haufen zu werfen. Einen Stock höher, auf einem Treppenabsatz, lagen die Schuhe der Bewohner und Bewohnerinnen in einzelnen Fächern. In einem lang gezogenen Korridor reihten sich die Türen zu den Schlafräumen mit Kajütenbetten sowie Duschräumen und getrennten Toiletten und einem separaten Aufenthaltsraum für Frauen. Im Flur waren Dutzende abschliessbare Fächer angebracht, wo jeder Bewohner seine wenigen privaten Gegenstände unterbringen konnte. Die grosszügig angelegte Küche war zugleich Esslokal. Drin stand ein Kochherd mit vielen Herdplatten, wo sich die Bewohner ihre Speisen zubereiten konnten. An langen Tischen sassen ein paar Männer in Gespräche vertieft. Freuler versuchte mit einem von ihnen, der etwas Deutsch sprach, ins Gespräch zu kommen, um so vielleicht etwas über diesen ermordeten Kollegen zu erfahren. Ja, einer, Attila, sei aber nur kurze Zeit hier im Zentrum gewesen, danach habe er ausserhalb gewohnt.

«Attila?», fragte Freuler, der nun zum zweiten Mal diesen Namen hörte.

Er sei «gute Mann» gewesen, sagte der Mann mit den Deutschkenntnissen, was alle anwesenden Männer, zwar des Deutschen unkundig, kopfnickend bestätigten. Im Aufenthaltsraum, der sich gleich nebenan befand, wollte Freuler einen zweiten Versuch machen, liess es dann aber bleiben. Dort standen ein paar ausgediente Polstermöbel, worin sich einige junge Männer fläzten, die mit Kopfhörern über den Ohren unterschiedliche Filme auf Laptops schauten, an Smartphones fingerten oder telefonierten, sich also an hiesige Gewohnheiten assimiliert hatten. Die Räumlichkeiten seien dank der vorhandenen Infrastruktur als Unterkunft für die vielen Menschen sehr geeignet, weil die Feuerwehrleute auch hier gewohnt hätten, erklärte der junge Mann, der sie durchs Haus führte.

Sie verabschiedeten sich von der Frau, die sie empfangen hatte. «Haben Sie etwas erfahren, was Ihnen weiterhilft?», fragte sie.

«Dass der Tote höchstwahrscheinlich Attila hiess und hier untergebracht war, nichts weiter», antwortete Coric.

Ein gewisser Attila habe kürzlich seine Sozialhilfe nicht abgeholt. Wo er gewohnt habe, im Gäbelbach, sei er auch nicht mehr aufgetaucht. Sie vom Zentrum hätten sich deshalb nicht allzu grosse Sorgen gemacht, weil es oft vorkomme, dass Flüchtlinge aus irgendwelchen Gründen untertauchten. Sie würden jeweils noch eine Woche abwarten, und wenn er dann auch nicht erscheine, um sein Sozialhilfegeld abzuholen, würde er zur Fahndung ausgeschrieben, meist ohne Erfolg. «Selbst wenn die Bewohner hier mehr wüssten – die Leute sind sehr verschwiegen. Sie wollen auf keinen Fall mit einer Ordnungswidrigkeit oder gar einem Verbrechen in Verbindung gebracht werden, weil sie immer befürchten, ausgeschafft zu werden.»

«Gute Voraussetzungen zur Aufklärung einer Tat», sagte Freuler ironisch und verabschiedete sich.

***

Farid erwachte, weil er Kindergeschrei hörte. Er schlüpfte schnell in seine Hose, zog den Reissverschluss am Zelteingang hoch, stellte seine Schuhe nach draussen und schlüpfte hinein. Einmal hatte er sie in der Nacht draussen stehen gelassen. Am anderen Morgen waren sie vom Regen mit Wasser gefüllt. Er schaute um sich, konnte aber keine Kinder sehen. Er hörte sie zwar immer noch, und beinahe hätte er zu weinen begonnen; ihr Lachen erinnerte ihn an seine beiden Brüder, die mit den Eltern irgendwo in der Türkei zurückgeblieben waren.

Er schaute auf sein Smartphone; es war schon halb zwölf. Egal, dachte er. Er hatte sich morgens um acht nochmals zum Schlafen hingelegt, weil es in der Nacht gestürmt hatte und er deshalb kaum geschlafen hatte. Zudem war das Zelt nicht ganz wasserdicht. Seit sein Kollege verschwunden war, hatte er erst überlegt, wieder in dieses Gartenhaus zurückzukehren, sich dann aber anders entschieden. Attila wollte dortbleiben, obwohl er eigentlich in die Kollektivunterkunft Viktoria hätte zurückgehen können. Zusammen hatten sie zuvor im Gäbelbach bei Attilas Onkel gewohnt, der sie eines Tages wegwies, weil sie sich dauernd stritten und manchmal sogar kurz davor waren, tätlich zu werden.

Der Grund ihrer Auseinandersetzungen war ihre unterschiedliche ethnische Zugehörigkeit. Der eine war Paschtune, der andere Tadschike. Beide waren Moslems, Attila jedoch kümmerte sich weder um religiöse Verhaltensweisen noch um Integration; er trank zum Beispiel Alkohol. Farid war eher bereit, sich anzupassen. Er war bemüht, Deutsch zu lernen. Dass sie trotz dieser Differenzen das Angebot, in diesem Gartenpavillon zu wohnen, angenommen hatten, war aus der reinen Not entstanden. Aber auch dort gingen die Auseinandersetzungen gleich wieder los, weshalb Farid nach kurzer Zeit weggegangen war. Als ihm die Nachricht von einem toten Afghanen zu Ohren gekommen war, traute er sich erst nicht einmal mehr, ins Asylzentrum Halenbrücke zurückzukehren, denn er hatte die vage Vermutung, dass es sich bei diesem Toten um seinen Kollegen Attila handeln könnte, und er fürchtete, in Verdacht zu geraten, etwas damit zu tun zu haben. Sein Sozialhilfegeld konnte er nur dort abholen. Ob Attilas Patenkind, das Farid mitgenommen und zu den Bakhtans zurückgebracht hatte, wusste, dass sein Pate tot war?

Er schlüpfte in seine Schuhe und nahm sein T-Shirt, das er tags zuvor beim Glasbrunnen gewaschen und an einem Ast zum Trocknen aufgehängt hatte und das jetzt am Boden lag. Er zog es an. Es war noch feucht, würde aber auf dem Weg zum Asylzentrum bestimmt trocken werden. Es war mit einem Emblem bedruckt, das er nicht kannte, eine Art Verbotsschild. Er zog die Heringe aus dem Waldboden und packte sie samt dem Zelt in eine Tasche. Bei Aufräumarbeiten nach einem Festival auf dem Gurten, für die Flüchtlinge manchmal eingesetzt wurden, hatte er eines der vielen liegen gelassenen Zelte mitgenommen. Er würde es heute Abend an einem anderen Ort aufschlagen. So konnte er nicht so einfach entdeckt werden. Dass Campieren im Wald verboten war, wusste er nicht. Er stapfte durchs Unterholz, scheuchte zwei Rehe auf und kam zum Glasbrunnen, wo eine Gruppe von Kindern bei der Feuerstelle ihre auf Haselruten aufgesteckten Würste über die Glut hielt.

«Möchten Sie auch eine Wurst, wir haben ein paar übrig?», fragte der Leiter. Farid verstand kein Wort, aber als ihm ein Mädchen eine Haselrute mit bereits aufgesteckter Wurst hinhielt, gesellte er sich etwas zögerlich, aber freudig überrascht zur Kinderschar und gab mit Gesten zu verstehen, dass er so was nicht essen dürfe. Der Leiter versuchte den Kindern zu erklären, dass die Religion des Mannes ihm nicht erlaube, Schweinefleisch zu essen, das sei gleich wie bei David, der auch keine Wurst esse. Als die Würste schön gebraten waren, assen sie die Kinder direkt vom Stecken. Farid begnügte sich mit einem Stück Brot und trank vom angebotenen Tee. Das war sein Frühstück. Er verabschiedete sich, indem er die rechte Hand zum Herz hielt. Die Kinder taten es ihm gleich.

Von hier war es nicht mehr weit bis zur Unterkunft Halenbrücke. Dort wurde ihm die Sozialhilfe ausgehändigt. Eine Betreuerin, offenbar eine Praktikantin, hielt ihm das Foto der Leiche hin, das Freuler ihr zur Identifikation gegeben hatte. Farid erkannte seinen Kollegen Attila trotz des verletzten, entstellten Gesichts sogleich, liess sich aber nichts anmerken. Er schüttelte nur den Kopf und hob leicht die Schultern, was bedeuten sollte: nie gesehen. Besser, dachte er, in keiner Weise irgendwie in Verbindung mit Unregelmässigkeiten oder gar Verbrechen gebracht zu werden, um so keinen Anlass zu liefern, ausgeschafft zu werden. Der Betreuerin war das gerade recht, es gab genügend andere Probleme mit den vielen Flüchtlingen. Dass Farid nicht mehr bei den Bakhtans im Gäbelbach wohnte, wusste sie nicht. Die Unterkunft war momentan überbelegt, somit war sie ganz zufrieden, als er sich wieder verabschiedete.

***

Freuler nahm das 8er Tram am Bahnhof. Obwohl er die Strecke ins Gäbelbachquartier schon einige Male gefahren war, kam ihm alles irgendwie fremd vor. Vielleicht war es die Jahreszeit, die die Häuserzeilen in einem anderen Licht erscheinen liess, oder es war so viel Neues gebaut worden, was in dieser kurzen Zeit, seit er das letzte Mal hier herausgefahren war, jedoch kaum möglich gewesen wäre. Die Bethlehem-Kirche allerdings, die erkannte er. Beim Tscharnergut stieg er aus. Die Familie Bakhtan wohnte im Parterre. Ein Geruchsschwall fremder Gewürze schlug ihm entgegen, als eine Frau die Türe öffnete. Sie schaute Freuler misstrauisch an, und als er seinen Dienstausweis präsentierte, änderte sich das kaum. Sie rief einen Mann, der auf dem Gartensitzplatz gesessen und in einer Zeitung gelesen hatte. Der Ehemann, wie Freuler vermutete.

«Was ist los?», fragte der Mann ungehalten.

«Guten Tag, ich hätte da eine Frage. Wohnt bei Ihnen ein Asylbewerber?»

«Hat da gewohnt, ja, ein Sohn von meine Bruder – wie sagt man, Neffe?», antwortete der Mann in gebrochenem Deutsch.

Im Hintergrund tauchte ein kleiner Junge auf, der sogleich von der Frau unsanft in ein Zimmer bugsiert wurde.

«Ist das Ihr Junge?»

«Ja, nein ...»

«Ein Enkel?», fragte Freuler.

«Ja, Enkel», sagte der Mann, aber Freuler hatte den Eindruck, dass er nicht wusste, was ein Enkel ist.

«Wo wohnt dieser Neffe denn jetzt?», fragte Freuler.

«Keine Ahnung. Vielleicht bei diese Kollege, die immer streiten, und dieser wohnt, glaube ich, bei diese Armee.»

«Armee? Was für eine Armee?», wunderte sich Freuler, und als Erstes fiel ihm der IS ein.

«Diese Heim, wo wohnen viele Flüchtling.»

«Ach so, ja, bei der Heilsarmee», sagte Freuler und schämte sich innerlich, sogleich an das Schlimmste gedacht zu haben, obwohl, fiel ihm ein, deren Publikation «Kriegsruf» geheissen hatte oder immer noch hiess.

«Was ist das für ein Kollege, und wie heisst er?», fragte Freuler.

«Farid», sagte der Mann. «Auch Afghane, aber immer Streit. Wenn haben sich geschlagen, ich habe gesagt: Raus!»

«Und sie sind nicht zurückgekommen?»

«Nein, ich will nicht», sagte Bakhtan kategorisch.

«Falls der eine der beiden trotzdem hier auftauchen sollte, geben Sie mir sofort Bescheid», sagte Freuler in bestimmendem Ton und drückte dem Mann seine Visitenkarte in die Hand. Er überlegte, ob er ihn über den Tod des einen Afghanen aufklären sollte, entschied sich aber, vorläufig nichts darüber verlauten zu lassen. Auch wegen des kleinen Jungen. Vielleicht hatte dieses Verbrechen gar nichts mit diesen zwei Streithähnen zu tun. Er konnte sich nicht vorstellen, dass diese Menschen sich gegenseitig umbrachten.

Freuler verabschiedete sich und fuhr zurück in die Stadt. Schon beim Bahnhof begegnete er einigen Demonstranten, die mit Schrifttafeln und Transparenten zum Bundeshaus marschierten. Ein sogenannter antifaschistischer Abendspaziergang. Ich hoffe, dachte Freuler, ich bin da nicht gemeint. Auf einigen dieser Tücher stand nämlich zum Beispiel: «Gegen Polizeigewalt» oder «Polizei – Freund und Helfer der Faschos» und ähnlich Negatives. Vor dem Bundeshaus hatten sich ein paar hundert Demonstranten versammelt. Die Polizei war mit massivem Aufgebot präsent. Die Kundgebung schien friedlich zu verlaufen, was nicht selbstverständlich war, dachte Freuler.

«Und?», fragte Coric, als er im Büro ankam.

«Ich bin so klug als wie zuvor», sagte Freuler.

«Also nichts. Immer wenn du in Zitaten antwortest, war die Fahndung negativ», antwortete Coric.

«So ist es.»

«Und jetzt?»

«Müssen wir weitere Asylunterkünfte besuchen.»

«Wohl kaum, wir wissen jetzt, dass der Tote Attila hiess und im ‹Viktoria› – zumindest zuerst – gewohnt hat.»

«Und wie viele wären das gewesen?»

«Sechsundvierzig im Kanton Bern», sagte Freuler.

«Zwei haben wir schon besucht.»

«Nein, haben wir nicht. Das Heim bei der Halenbrücke gehört nicht zur Stadt Bern, sondern zu Herrenschwanden.»

«Nie gehört», sagte Coric.

«Das sind eben die Feinheiten, wenn man hier …»

«… aufgewachsen ist, geschenkt», sagte Coric.

ELF

Meilis Auto sah wieder aus wie neu. Als er von der Tiefenaustrasse in den Tunnel hineinfuhr, vergass er beinahe seine schreckliche Tat. Er fühlte sich eine Zeit lang wie befreit davon, als er jedoch beim Neufeld in die Neubrückstrasse einbog, die durch den Wald führte, war der getötete Flüchtling und Liebhaber seiner Frau wieder schmerzhaft präsent. Und als er an der Stelle vorbeifuhr, von der er auf der gegenüberliegenden Strassenseite den Getöteten in den Wald hineingeschleift hatte, versuchte er, möglichst nicht hinüberzublicken, und war froh, als er nach der Halenbrücke zum Aarestutz abbiegen konnte. Zu Hause angekommen stellte er als Erstes das Auto seiner Frau ins Freie. Es hatte nur temporär in der Garage gestanden, während der Zeit, als Meilis Wagen in der Werkstatt gewesen war.

Die gespannte Stimmung im Haus war einer unausgesprochenen Übereinkunft gewichen, nicht mehr über Seitensprung, vermeintliche Vergewaltigung und Totschlag zu diskutieren. Susanne erledigte nicht mehr wie gewohnt die meisten Hausarbeiten. Sie kochte nur noch selten. Einzig die Waschmaschine bediente sie weiterhin. Der jungen ukrainischen Reinigungskraft, Alina, die Susanne für Putzarbeiten eingestellt hatte und die jeweils samstags für Sauberkeit und Ordnung sorgte und Hemden bügelte, wäre Meili ganz gerne mal an die Wäsche gegangen. Er traute sich aber nicht. Weil die Ehefrau zumeist zu Hause war, ergab sich auch kaum eine Gelegenheit. Seit dieser angeblichen Vergewaltigung waren ihre vorher noch sporadisch stattfindenden körperlichen Begegnungen ganz ausgeblieben. Das Bedürfnis, sich wieder einmal mit einem weiblichen Geschöpf sexuell zu betätigen, war also sehr wohl vorhanden. Irgendwann, dachte Meili, würde der Zufall eine Gelegenheit bieten, sich Alina zu nähern.

Übers Wochenende begann der Tag meist damit, dass Meili, wenn er aufgestanden war, seiner Frau in der Küche zwar begegnete, sie aber immer im Begriff war, diese gerade zu verlassen. Er frühstückte dann alleine im Stehen, weshalb, wusste er nicht. Heute war er im Stehen genauso einsam wie im Sitzen, also setzte er sich und las die Sonntagszeitung, die ihm seine Frau aus dem Briefkasten heraus auf den Frühstückstisch gelegt hatte – ob aus Gewohnheit oder als liebenswürdige Geste, überlegte er nicht. Vielleicht hatte sie sogar darin gelesen, die Zeitung sah jedenfalls danach aus. Nach dem dritten Kaffee und dem zweiten Stück Brot stand er auf, räumte das Geschirr weg und ging nach draussen, um zu rauchen.

Heute strahlte die Sonne, ein herrlicher Augusttag. Gestern waren wieder heftige Gewitter niedergegangen. Der Himmel war blau, und der leichte Nebel, ein Überbleibsel der andauernden Feuchtigkeit, löste sich schnell auf. Pontons und ein paar Gummiboote waren schon auf der Aare unterwegs. Menschen in Badehosen, lachend und Bier trinkend, Kinder mit Schwimmwesten und aufblasbaren Gummitieren liessen sich von der Strömung zum Wohlensee treiben.

Meili warf erst einen Blick auf sein frisch repariertes Auto in der Garage, füllte dann einen Kessel mit Wasser und einer gehörigen Portion Shampoo und begann damit, das Auto seiner Frau einzuseifen. Während er das tat, wusste er nicht, ob das ein Liebesdienst oder reine Gewohnheit war. Mit einem Schwamm rieb er die Karosserie minutiös ab, mit besonderer Aufmerksamkeit auf Scheinwerfer und Radkappen. Er holte den Kärcher aus der Garage, schloss den

Schlauch am Wasserhahn an und begann das geschäumte Auto mit Hochdruck vom Putzmittel zu befreien. Fast hatte er das Gefühl, die Sünden seiner Frau und die eigenen so weggewaschen zu haben. Schnell trocknete der feuchte Film auf der Karosserie, und das Auto strahlte an der Sonne. Beinahe hätte Meili sich richtig gefreut. Um diesen Zustand noch etwas zu erhalten, nahm er ein Hirschleder und entfernte die letzten Wassertropfen von der Karosserie. Seine Frau schaute kurz aus einem Fenster, schüttelte den Kopf; sie schien nicht zu wissen, was sie davon halten sollte.

Meili stellte den Kärcher wieder in die Garage, und ihm fiel ein, dass er den Pavillon noch nie genauer nach möglichen vorhandenen Spuren der Flüchtlinge untersucht hatte. Der Plattenweg, der dorthin führte, war wieder ziemlich stabil. Normalerweise war hier bei dem leichten Gefälle zur Aare hin der Boden jeweils relativ bald wieder abgetrocknet. Nachdem die Quelle umgeleitet war, die durch das Abrutschen des Hanges mehr Wasser auf sein Grundstück gebracht hatte, hatte sich die Lage verbessert. Aber die Feuchtigkeit der letzten Wochen hatte das Unkraut zwischen den Platten hervorschiessen lassen. Er schob den Riegel zurück, öffnete die Türe zum Pavillon und fing an, Liegestühle, Latten, Stangen und Stühle nach draussen zu stellen, um den Boden möglichst frei zu bekommen, den er dann gründlichst absuchte. Er konnte nichts finden, was Aufschluss über den Aufenthalt der Flüchtlinge hätte geben können. Als er alles wieder eingeräumt hatte und die Türe schliessen wollte, entdeckte er auf dem Sims des kleinen Fensters den Zauberwürfel. Und ein riesiger Schwall an Schuldgefühlen überfiel ihn. Hatte er gar den Vater dieses kleinen Jungen umgebracht?

Er nahm den Würfel, verliess den Pavillon und beschloss, noch heute ein Vorhängeschloss anzubringen. Zuerst wollte er jedoch den Würfel loswerden. Darauf könnten Fingerabdrücke sein, die Aufschluss über die Anwesenheit auch des Getöteten geben könnten. Er steckte den Zauberwürfel in seine Hosentasche und ging möglichst unauffällig schlendernd dem Aareweg entlang bis zu einer Stelle, wo der Weg so nah am Fluss vorbeiführte, dass er glaubte, den Würfel so weit werfen zu können, dass er im Wasser landete. Als er sich völlig unbeobachtet glaubte, schmiss er den Würfel in die Aare. Erleichtert, wieder einen Gegenstand, der etwas zu seiner Tat beweisen könnte, entsorgt zu haben, schlenderte er zurück.

Nachdem er den Riegel an der Türe zum Pavillon so weit präpariert hatte, dass ein Vorhängeschloss angebracht werden konnte, wandte er sich dem Unkraut zwischen den Steinplatten zu. Um den Rücken nicht allzu sehr zu belasten, setzte er sich auf ein Kissen, das er auf den Boden gelegt hatte. Mit einem Schraubenzieher kratzte er das Unkraut zwischen den Steinplatten hervor. Manchmal hob er eine Steinplatte an, um auch die Wurzeln eliminieren zu können. Nicht nur in den Spalten zwischen den Steinplatten gedieh das Unkraut, auch den Hauswänden entlang und zwischen den Pflastersteinen vor der Garage spross das Grün. Eine aufwendige Arbeit, für die die Zeit bis zum Abend nicht ausreichte. Das entfernte Unkraut, das jetzt überall lose herumlag, blies er mit seinem Laubbläser zu einem Haufen zusammen und schmiss es auf den Kompost. Seine Frau, aufmerksam geworden vom Geräusch des Laubbläsers, welches normalerweise nur im Herbst zu hören war, stand am Fenster des Gästezimmers und schüttelte den Kopf. Der Rasen sollte eigentlich auch geschnitten werden, aber Meili fand den Untergrund noch zu feucht. Wenn er jetzt mit seinem Aufsitzrasenmäher darüberführe, käme das weniger einem Rasenmähen, sondern trotz bereits etwas verminderter Feuchtigkeit eher einem Rasenpflügen gleich. Also liess er es bleiben.

ZWÖLF

Per Mail wurde Freuler vom Förster ein detaillierter Plan zugeschickt, auf dem ersichtlich war, wo genau die Waldmenschen im Bremgartenwald siedelten. Inzwischen hatte er das ja schon in seiner Freizeit herausgefunden beziehungsweise entdeckt. Coric und Freuler fuhren zur Station Länggasse. Von dort gedachten sie am Forstzentrum vorbei auf der autofreien Halenstrasse in den Wald hineinzugehen. Auf der Autobahnbrücke, nicht mehr im Schatten der Bäume, spürten sie, wie schwülheiss es heute war. Dort standen zwei Typen mit nacktem Oberkörper in zerknitterten Hosen. Unverkennbar die zwei Waldbewohner, der ältere mit einem «saisongerechten» roten Schal und Kinnbart, der jüngere mit zerschlissenen kurzen Hosen. Sie erkannten Freuler sogleich wieder. Als sie sich in der Mitte der Brücke begegneten, konnte der Ältere es nicht unterlassen, eine anzügliche Bemerkung zu machen: «So, heute mit der Tochter unterwegs?»

«So ist es», sagte Freuler und grinste zurück. Beim Teich mit den vielen Teichlinsen angekommen, setzten sie sich auf einen Baumstamm. Es war angenehm kühl hier im Wald.

«Wir sollten vielleicht nicht vor den zwei Waldsiedlern in ihrem Lager sein», sagte Freuler. Mutig und entschlossen konnten beide der Versuchung widerstehen, eine zu rauchen.

Beim Weitergehen sagte Freuler: «Je tiefer wir in den Wald hineinkommen, umso besser wird die Luft.»

«Der Blutdruck sinkt, hab ich gelesen», sagte Coric, «drum wird mir immer schwindlig im Wald, weil meiner eh schon zu tief ist.»

«Und ich fühle mich gerade sehr wohl, weil meiner meist etwas zu hoch ist.»

Nach etwa zwanzig Minuten Fussmarsch durch den mit Vogelgezwitscher beschallten Wald gelangten sie über den Glasbrunnen zu den Siedlern.

«Schon wieder da?», fragte der ältere der Waldmenschen, die anscheinend einen kürzeren Weg hierher kannten.

«Ja, schon wieder, diesmal dienstlich. Ich bin Kriminalpolizist Max Freuler, und das ist meine Mitarbeiterin Petra Coric.»

«Also doch keine junge Geliebte und keine Tochter, schade», witzelte der jüngere.

«Das wissen Sie ja nicht», sagte Freuler lakonisch.

«Wir haben ein paar Fragen», sagte Coric. «Kürzlich wurde hier in der Nähe eine Leiche gefunden. Haben Sie etwas Aussergewöhnliches gesehen oder gehört? In der Nacht vielleicht?»

Beide schüttelten nur den Kopf.

«Ist Ihnen etwas aufgefallen?», fragte Freuler.

«Nein», sagten beide.

«Wer haust ausser Ihnen noch hier?», fragte Coric.

«Ich», schrie eine junge Frau aus einem Unterstand aus Reisig und Blachen, «und Pesche, aber der arbeitet momentan.»

«Wo arbeitet dieser Pesche und was?», fragte Freuler.

«Hier im Wald. Bei den Aufräumarbeiten der Neubrückstrasse entlang.»

«Hat der eine schwarz-violette Mütze?»

«Ja, wie kommen Sie darauf?», fragte der Ältere.

«Ich meine, mal jemand mit einer solchen Mütze gesehen zu haben, beim Vorbeifahren», log Freuler.

«Eine FC-St.-Gallen-Mütze», rief die Frau verächtlich aus dem Unterstand.

«Kommt er am Abend zurück, oder wie?»

«Die letzten paar Tage hat er bei seiner Freundin geschlafen. Die zwei hatten sich verkracht wegen einer anderen Frau, dann ist sie, also seine Freundin, von der Brücke gesprungen …», sagte der Jüngere.

«… zum Glück waren dort Netze angebracht», sagte die Frau, «und sie ist nicht weitergesprungen.»

«Und jetzt haben sie sich wieder versöhnt?», wollte Coric wissen.

«Höchstwahrscheinlich, sonst wäre Pesche längst wieder zurückgekommen», sagte der Ältere.

«Wie alt ist dieser Pesche so etwa?», fragte Freuler.

«Ich denke, etwa vierzig, so genau weiss ich das nicht … Und schläft vielleicht bei ihr … im Himmelbett», sagte die Frau mit einem leicht neidischen Unterton.

«Er könnte auch bei den Zaffarayanern sein, dort kennt er, glaube ich, einige», sagte der Jüngere.

«Und wissen Sie vielleicht auch, wo dieses Himmelbett steht?», fragte Freuler und liess nicht durchblicken, dass sie von diesem Suizidversuch Kenntnis hatten.

«Wo die wohnt, wissen wir nicht. Wenn man immer wissen wollte, wo dem seine Freundinnen gerade wohnen, müsste man ein Leporello …», sagte die Frau.

«Jetzt übertreib nicht, mit der ist er schon längere Zeit zusammen, aber wo sie wohnt, keine Ahnung», sagte der Jüngere.

«Wie ist denn der Nachname dieses Pesche?», fragte Freuler.

«Gerber, glaube ich», sagte die Frau.

Freuler entnahm seiner Jackentasche einen Notizblock und schrieb den Namen auf. «Peter Gerber», wiederholte er. «Soviel ich weiss, der zweithäufigste Nachname in Bern und Peter der meiste Vorname.»

«Genau.»

«Eine andere Frage: Sind hier bei Ihnen auch schon Flüchtlinge aufgetaucht?», fragte Coric.

«Wandernde Flüchtlinge …», sagte der Ältere.

«Ja, man spricht ja von Völkerwanderung», konterte Freuler.

«Es kommen immer mal wieder Leute vorbei, aber ich frag die nie, ob sie auf der Flucht sind.»

«Die würden dann vielleicht nicht Berndeutsch antworten, und Sie wüssten sehr wohl, dass die nicht von hier sind», sagte Coric leicht aggressiv.

«Möglich», sagte der Ältere.

«Na gut, vielen Dank», sagte Freuler. «Ich gebe Ihnen hier meine Karte, falls Ihnen noch etwas einfallen sollte, rufen Sie mich an. Ich nehme an, Sie kennen Handys, und falls Sie diese Technologie ablehnen, gibt es eine Telefonkabine bei der Haltestelle Länggasse oder direkt beim Posten Neufeld.»

«Oder wir schicken einen reitenden Boten los», sagte der Ältere. Freuler und Coric verabschiedeten sich.

Auf dem Weg zurück durch den Wald sprachen sie erst mal eine Weile nichts, dann sagte Freuler unvermittelt: «Der Wald ist gross, aber die Welt ist klein.»

«Von wem ist das?», fragte Coric.

«Von mir, eben erfunden.»

«Ach so, du meinst wegen der Frau und dem Sprung von der Brücke.»

«Wir wissen, wo die junge Frau wohnt, also erfahren wir auch, wo sich der Typ mit der schwarz-violetten Mütze aufhält.»

«Möglich, aber sicher ist das nicht.»

Sie kamen an einer grossen Lichtung vorbei, wo Hunderte von Jungbäumen angepflanzt waren, über die alle ein Plastikrohr gestülpt war, um zu verhindern, dass die zarten Pflänzchen vom Wild verbissen wurden. Coric wunderte sich, dass es hier überhaupt Rehe gab.

«Sogar eine Überpopulation, weil Jagen im Bremgartenwald unpopulär ist», sagte Freuler. «Förster würden es eben wegen dieser verbissenen Jungbäume zwar begrüssen, wenn mehr Wild abgeschossen würde.»

«Das verstehe ich nicht, es ist bestimmt gefährlich, hier rumzuschiessen, mit all den vielen Wanderern, Joggern und Hundehaltern.»

«Hauptsache: Verbrecherjagd ist nicht unpopulär.»

Coric wiegte darauf nur den Kopf hin und her.

Beim Glasbrunnen tranken beide etwas Wasser und setzten sich auf eine Bank. Als Coric sich eine Zigarette anzünden wollte, sagte Freuler: «Damit machst du die Heilwirkung dieses Wassers gleich wieder zunichte.»

Daraufhin steckte Coric die Zigarette wieder zurück ins Päckchen. Beide nahmen noch einmal einen Schluck vom Glasbrunnenwasser, das sich aber vom Wasser, das in der Stadt aus dem Wasserhahn kommt, kaum unterscheidet.

«Wenn wir schon nicht rauchen dürfen, könnten wir wenigstens einen Abstecher zum Neufeld zu den Zaffarayanern machen», sagte Coric. «Vielleicht wissen die was über diesen Gerber.»

Das fand Freuler eine gute Idee, und sie machten sich auf den Weg, begleitet von einem entfernten Donnergrollen. Als sie beim Neufeld aus dem Wald kamen, war das Donnern schon etwas näher.

«Nicht schon wieder», murmelte Freuler.

«Ich habe einen Schirm dabei», sagte Coric.

«Einen?», fragte Freuler gespielt traurig.

Sie überquerten die Strasse beim Park and Ride und der Polizeiwache Neufeld und gingen auf dem Fussweg zur Bretter- und Budenstadt der Zaffarayaner. Das Grundstück, wo diese Leute ihre Hütten gebaut oder ihre Wohnwagen aufgestellt hatten, entsprach nicht gerade der romantischen Vorstellung, die sich vielleicht sogar Stadtbewohner erträumten. Dieses Stück Land war flankiert von der viel befahrenen Neubrückstrasse auf der einen

Seite, von Zufahrten zur Autobahn auf der anderen Seite. Mit einem Bretterzaun um die ganze Siedlung hatten die Bewohner versucht, den Verkehrslärm fernzuhalten, er verhinderte aber auch die Sicht in den Wald.

Trotzdem waren Freuler und Coric angenehm überrascht, als sie durch den mit ornamentartigen Mustern kunstvoll aus Latten gestalteten Eingang gingen, wie wenig störend der Lärm der Autos bis hierher drang. Sonnenblumen leuchteten schon von Weitem, und überall blühten weitere Sommerblumen. Zwei Hunde kamen ihnen entgegen, ohne das sonst übliche Eigentum verteidigende Gebell. Ein Mann in Badehose kam auf sie zu und wollte wissen, ob sie jemanden suchten.

«Ja, einen gewissen Peter Gerber», sagte Freuler.

«Nein, kenne ich nicht. Weshalb soll der ausgerechnet hier bei uns sein?»

«Wäre ja möglich.»

«Klar, möglich wäre auch im Tierpark Dählhölzli oder in der Reitschule», sagte der Mann höhnisch.

«Wir möchten uns etwas umsehen», sagte Coric leicht verärgert und zeigte ihren Ausweis.

«Weshalb sagen Sie das nicht gleich, dass Sie von der Polizei sind, dann hätte ich gar nichts gesagt», sagte der Mann scherzhaft. «Machen Sie ruhig eine Besichtigung.»

«Danke», sagte Freuler, der leicht irritiert war über den mehr ironischen als konzilianten Ton dieses Bewohners. Weil er lange Zeit nicht in seiner Heimatstadt Bern, sondern in Basel gearbeitet und gewohnt hatte, kannte er das aktuelle Verhältnis dieser Menschen hier in Subkulturen zu der Polizei nicht so genau. Er wusste wohl vom Exodus der Zaffarayaner beim Gaskessel und dass die Leute hier ein beinahe bürgerliches Leben führten, nur eben nicht in ordentlichen Wohnhäusern, sondern in selbst gebastelten Holzhütten oder ausgedienten Zirkuswagen.

Viele Kinder tollten auf dem Dorfplatz oder planschten in einem grossen Plastikbassin, das mittendrin stand. Insgesamt machte die Siedlung einen etwas zusammengebastelten Eindruck, was vermutlich gewollt war.

Bei vielen dieser Hütten und Schuppen war nicht ersichtlich, was dort gelagert wurde. Die meisten Dächer waren nur mit Blech oder alten Blachen bedeckt, die mit Seilen festgezurrt waren. Da war mal etwas Brennholz aufgeschichtet, dort ein paar Gasflaschen hingestellt, oder es lagen Werkzeuge auf einer provisorischen Werkbank, von der Freuler den Eindruck hatte, dass an ihr seit längerer Zeit nichts mehr gearbeitet worden war. Sogar ein alter Saurer-Lastwagen stand da. Hütten, die bewohnt waren, hatten zum Teil grosse Fenster oder Terrassen, und in Terrakotta-Töpfen wuchsen Schnittlauch, Petersilie, Basilikum und manch exotisches Gewürz. Coric fand, hier würde sie sich eigentlich auch ganz wohlfühlen. Neben und hinter den Bauten waren überall Gartenbeete angelegt, wo Salat, Bohnen und Tomaten wuchsen, was Freuler veranlasste, die Tomaten nach Braunfäule oder Mehltau zu untersuchen. Inmitten des Gemüses erblickte er hinter einer der Hütten einige blühende Hanfpflanzen, was er, seit er solches Gewächs sogar einmal auf dem Balkon der früheren Junggesellenwohnung seines Schwiegersohnes entdeckt hatte, nicht der Erwähnung wert fand. Skeptiker konnten beruhigt sein, die Siedlung sei an die Kanalisation angeschlossen, und es gebe elektrischen Strom, der gezählt und bezahlt würde, das hatte Freuler von Kollegen erfahren.

Eine genauere Durchsuchung drängte sich nicht auf. Der gesuchte Peter Gerber könnte sich natürlich irgendwo in diesem, wie es schien, unüberschaubaren Chaos versteckt halten, aber Freuler hatte sich entschieden, den Aussagen des jungen Mannes, der sie empfangen hatte, zu glauben. Der hatte seinen sarkastischen Ton von vorhin abgelegt und offerierte den zwei Polizisten einen Kaffee, und eine nicht mehr ganz junge Frau brachte ein Stück Kuchen vorbei.

Er habe über zwanzig Jahre in Basel gearbeitet, sagte Freuler. Er könne sich gut erinnern, als das Zaffaraya noch unten bei den Gaskesseln aufgebaut gewesen sei. Von der Räumung habe er dann in der Zeitung gelesen. Coric sagte, sie sei erstaunt, wie viel Spielraum hier in Bern alternativer Kultur und sogar aussergewöhnlichen Wohnformen zugestanden werde.

Ganz so unproblematisch sei das Verhältnis zu vielen Bürgern der Stadt und der Regierung doch nicht, meinte die Frau, die den Kuchen gebracht hatte und sicher von Anfang an beim Projekt Zaffaraya dabei gewesen war.

«Immer wenn wir mit einzelnen Polizisten reden, finden sie das, was wir hier machen, wie wir leben, faszinierend, und am liebsten würden sie auch und so weiter», sagte ein Neudazugekommener, der auch nicht mehr im Jugendprotestalter war.

«Wenn wir im Dienst sind, müssen wir das durchsetzen, was der Gesetzgeber beschlossen hat, was meist der Mehrheit der Bevölkerung entspricht», sagte Freuler und erinnerte Coric daran, dass sie aufbrechen sollten.

«Oder auch nicht», schloss die ältere Frau.

Kaum bei der Bushaltestelle beim Neufeld angelangt, fing es an zu regnen. Den Schirm aufzuspannen lohnte sich nicht mehr, denn nachdem sie den Zebrastreifen überquert hatten, kam das 106er Postauto.

***

Es hatte auch Vorteile, dass sich Susanne einen eigenen Fernseher gekauft hatte. Der stand jetzt im Gästezimmer. Kleiner zwar als der, der im Wohnzimmer stand. Auseinandersetzungen, welche Sendungen man gemeinsam sehen sollte, fanden somit nicht mehr statt. Meili konnte in aller Ruhe Fussballspiele oder Softpornofilme verfolgen und Susanne Tier- und Schicksalsfilme geniessen. Dass Meili beim Fernsehschauen neuerdings rauchte, hatte zu einer kurzen und heftigen Auseinandersetzung geführt, bei der einmal mehr Schuldzuweisungen hin- und hergeschleudert wurden und die damit endete, dass Meili weiterrauchte. Daraufhin wechselten die beiden tagelang kein Wort mehr. Meili hatte festgestellt, dass seine Frau zu trinken angefangen hatte, und zwar Hochprozentiges. Immer mal wieder waren bei den Flaschen, die er zur Glassammelstelle trug, Wodkaflaschen dabei. Wodka trank sie wohl deshalb, weil sie der Meinung war, das gebe keine Alkoholfahne. Eine Zeit lang hatte sie noch jeden Tag ein warmes Abendessen zubereitet. Immer mehr beschränkte sie sich darauf, den Pizza-Kurier zu bemühen. Und der Haushaltshilfe Alina, der Meili immer wieder Avancen machte, hatte sie immer mehr Arbeiten übertragen. Alina war nun manchmal unter der Woche abends noch da, wenn Meili nach Hause kam.

Sie hatte sich heute um die Wäsche gekümmert und sie draussen an die frische Luft gehängt, weil am späten Nachmittag die Sonne schien und der Wind wehte. Kaum dass die Bett- und Unterwäsche trocken war, fing es wieder an zu regnen. Als Meili im Begriff war, in den Garten zu gehen, sah er, wie Alina versuchte, möglichst schnell die Wäsche wieder abzuhängen, und er entschloss sich spontan, ihr dabei zu helfen. Er löste die Klammern, nahm die Wäsche von der Leine und half Alina, den Wäschekorb in die Waschküche zu tragen. Als sie sich bückte, um die Wäsche in den Wäschetrockner zu legen und unbewusst Meili ihr wohlgeformtes Hinterteil entgegenstreckte, konnte er sich nicht mehr beherrschen und packte sie um die Hüften. Alina hielt erst bei ihrer Arbeit inne, stopfte den Rest der Wäsche in den Tumbler, drehte sich zu Meili um und schaute ihn nur mit eisigem Blick an, sodass er sogleich von ihr abliess. Er verliess die Waschküche, nicht gerade wie ein geschlagener Hund, aber doch mehr oder weniger frustriert. Da es nur noch leicht nieselte, holte er den Schraubenzieher und das Herbizid aus dem Keller, setzte sich eine Plastikmütze auf und wandte sich erneut dem Unkraut zu.

DREIZEHN

Als Freuler aufwachte, staunte er, wie hell es im Zimmer war. Hatte er sich verschlafen? Er stand auf, zog die Vorhänge auf und staunte noch mehr: Die Sonne schien vom wolkenlosen Himmel. Ein warmes Lüftchen wehte vom Gryphenhübeli her, und die Vögel in den Bäumen am Abhang zur Aare veranstalteten ein vielstimmiges Konzert. Der Frühstückstisch war schon gedeckt, als Freuler ins Wohnzimmer kam. Seine einundneunzigjährige Mutter sass am Tisch, und seine Frau Anita bediente noch die Kaffeemaschine. Beide Frauen wussten jeweils Bescheid, welcher Fall Freuler gerade beschäftigte. Heute jedoch waren eher familiäre Angelegenheiten ein Thema: Anita und Max würden im Frühling nächsten Jahres Grosseltern werden und Freulers Mutter Urgrossmutter.

«Wenn das Vater noch hätte erleben dürfen, vier Generationen in unserem Haus am Kollerweg», sagte Freulers Mutter gerührt.

«Das ist der Lauf der Zeit», sagte Freuler, weil ihm nichts Besseres einfiel.

«Das ist doch eine Einladung wert, wir könnten Renate und Kurt nächstens mal einladen», schlug Anita vor.

«Gute Idee», sagte Freuler, stand auf, trank im Stehen den Rest des Kaffees aus und verabschiedete sich von Anita und seiner Mutter.

Draussen warf er einen Blick in den Gemüsegarten, wo die meisten Pflanzen wegen der nassen Witterung gelitten hatten und sehr ins Kraut schossen. Einige Tomaten hingen faul an den Stauden. Ein paar hatte Freuler rechtzeitig gepflückt und im Haus reifen lassen. Die Johannisbeeren hatten keinen grossen Schaden genommen, jedoch die Himbeeren ergaben eine klägliche erste Ernte. Bei einem milden Herbst konnte man auf eine zweite hoffen. An einigen Pflanzen breitete sich Mehltau aus. Einzig die Gurken waren prächtig gewachsen, die bestanden ja eh aus mindestens neunzig Prozent Wasser.

Freuler entschloss sich, direkt ins Breitenrainquartier zu gehen, ohne vorher bei der Hauptwache Guten Tag zu sagen, und zwar zu Fuss. Er ging den Bäumen entlang bis zum Helvetiaplatz. In der Mitte auf der Kirchenfeldbrücke blieb er stehen und schaute in die Tiefe. Ein leichtes Grauen befiehl ihn; wenn er sich vorstellte, wie jemand so verzweifelt sein konnte, sich von hier oben hinunterzustürzen. Er hatte auch irgendwo gelesen, dass Selbstmörder, die schwer verletzt oder gar als Querschnittsgelähmte überlebt hatten, schilderten, dass sie während des Flugs in den Abgrund ihren Suizidentscheid schon bereuten und gedacht hatten: Um Himmels willen, was mach ich nur?

Die junge Frau, die sich von der Kirchenfeldbrücke hatte stürzen wollen, wohnte wieder am Schützenweg bei ihren Eltern, deren Adresse Freuler den Akten entnommen hatte. Die junge Frau war nicht zu Hause, nur ihre Mutter. Die hatte keine besonders gute Meinung über den Freund ihrer Tochter. Vor allem konnte sie nicht verstehen, wie sie sich ihm nach dieser Geschichte mit einer anderen Frau einfach wieder an den Hals geworfen hatte. Dieser Typ habe so eine «Ex-und-hopp-Mentalität» gegenüber jungen Frauen. Er gehe keiner geregelten Arbeit nach. Wo er wohne, sei auch völlig schleierhaft, bei diesen Zaffarayanern oder im Wald. Nein, sie könne nichts Genaues sagen, vielleicht sei ihre Tochter gerade jetzt wieder bei ihm.

Freuler verabschiedete sich, nicht ohne der Frau seine Karte zu hinterlassen mit der Bitte, anzurufen, wenn sie

Näheres wisse. Draussen war es richtig heiss geworden. Er nahm den 20er Bus bis zum Bollwerk.

Auf der Hauptwache angekommen, war Coric bereits am Recherchieren nach dem Namen Peter Gerber.

«Festnetz haben nur zwölf», sagte sie.

«Wer telefoniert denn heutzutage noch mit Festnetz …», spottete Freuler.

«Habe ich schon abgeklärt, da kommt keiner in Frage. Einer, der Peter Gerber heisst, hat erklärt, er hätte einen Göttibub, der genau wie er auch Peter Gerber heisse. Der müsste ungefähr im entsprechenden Alter sein, aber wo der sich aufhalte, habe er keine Ahnung. Und dessen Eltern seien beide schon gestorben.»

Beim Einwohneramt erfuhren sie, dass es noch ein paar mehr Männer mit diesem Namen gebe, aber einen konkreten Hinweis gab es nicht. Mindestens müsste er sich irgendwo abgemeldet haben, bevor er in den Wald übersiedelte.

«Selbst wenn er einen festen Wohnsitz hatte, meldet er sich doch nicht ab. Wo sollte er sich anmelden, wenn er in den Wald umzieht?»

«Beim Forstamt», scherzte Coric.

«Oder er hat gar nie in Bern gewohnt», sagte Freuler.

Inzwischen war es zwölf Uhr geworden, die Klimaanlage lief auf Hochtouren, trotzdem schlug Freuler vor, in der Mittagszeit einen Sprung in die Aare zu machen. Niemand wollte ihn begleiten. Also machte er sich alleine auf den Weg. Die Aussenbereiche der Restaurants waren übervoll, und alle drängten sich unter den Sonnenschirmen, obwohl es drinnen möglicherweise kühler gewesen wäre. Kinder sprangen um die Wasserfontänen vor dem Bundeshaus, bis ihre spärliche Bekleidung klatschnass war, sie würde an der Sonne in kurzer Zeit trocken werden. Einige trugen Badekleider. Aber auch Erwachsene standen inmitten dieses Wasserspiels, um die angenehme Kühle zu geniessen. Freuler ging den Bundesrain hinab zum Marzili. Dort, im Bad an der Aare, war die grüne Liegewiese kaum mehr sichtbar, nur bunte Frotteetücher und die sich darauf räkelnden, picknickenden Badegäste mit teils feuchten oder noch trockenen Badekleidern.

Freuler zog sich in einer der Kabinen um und legte seine Kleider mit dem Badetuch auf ein leeres Fleckchen auf der Wiese. Stieg dann die Treppe runter zum Wasser, tauchte erst mal kurz ein für eine erste Abkühlung. Kam wieder aus dem Wasser und ging zu Fuss der Aare nach aufwärts. Viele taten es ihm gleich; eine kleine Prozession mit Vorfreude auf den kommenden Schwumm, die aufgeräumt plaudernd dem Ufer entlangschlenderte. Ein kurzes Stück nach der Dampfzentrale und der Monbijoubrücke stieg er wieder ins Wasser und liess sich bis zu einem der Ausstiege beim Marzilibad treiben. Das wiederholte er dreimal, stieg aus dem Wasser, duschte und setzte sich auf sein Badetuch, wo er das mitgebrachte Käsebrot, das ihm Anita in der Früh zubereitet hatte und das jetzt in der Hitze racletteartig geworden war, verzehrte. Dann zog er sich wieder an, verliess das Bad und ging ein Stück weit zu Fuss. Um beim Aufstieg zum Bundeshaus nicht ins Schwitzen zu kommen und die Abkühlung wieder zunichtezumachen, fuhr er die 32,15-Meter-Höhendifferenz mit der Marzilibahn hoch zum Bundesplatz. Dort tollten die Kinder immer noch um die Wasserfontänen.

Coric und weitere Kollegen hatten die Mittagspause in den klimatisierten Räumen ganz gut überstanden, und man machte sich bis Feierabend an die Recherche, einen Peter Gerber, wohnhaft gewesen im Wald, zu eruieren.

***

Farid hatte sein Billigzelt etwas weiter vom Glasbrunnen entfernt platziert, um zu verhindern, von spielenden Kindern aufgestöbert zu werden. Kaum jedoch hatte er sein Zelt aufgestellt, glaubte er, Rauch wahrzunehmen. Es war also in der Nähe jemand am Grillieren. Er ging dem Rauch nach und staunte nicht schlecht, als er zwei Männer sah, die rund um ein Feuer auf dem Boden sassen und auf Stecken gespiesste Fische in die Glut hielten. Hinter den beiden war ein Zeltlager aus Ästen und Planen aufgebaut, dazu farbige Zelte, die diese Leute eher nicht nach Freiluftfestivals aufgesammelt hatten. Einen Reim konnte er sich nicht darauf machen. Soweit er erkennen konnte, waren das keine Flüchtlinge, die da im Wald wohnten. Dass Menschen in der Schweiz arm waren und sich deshalb keine Wohnung leisten konnten, schien ihm kaum vorstellbar, dass sie sich freiwillig hier im Wald niedergelassen haben könnten, noch weniger.

Es fiel ihm wieder ein, dass er gehört hatte, Attilas Leiche sei hier irgendwo im Wald gefunden worden. Dass diese Waldbewohner etwas mit dem Tod Attilas zu tun haben könnten, wäre ja möglich, aber weshalb sollten sie ihn umgebracht haben? Er setzte sich auf einen Baumstrunk, sodass er ohne gesehen zu werden die Leute beobachten konnte. Viel gab es nicht zu sehen. Die Männer assen die gebratenen Fische direkt ab dem Stecken, mit dem sie sie ins Feuer gehalten hatten. Manchmal spuckten sie eine Gräte hinter sich. Nachdem sie je einen Fisch gegessen hatten, nahmen beide noch einen von denen, die bereits ausgenommen und enthauptet neben ihnen in einer Schüssel lagen, und spiessten ihn auf ihre Stecken.

Während Farid mit leichtem Hungergefühl dem friedlichen Treiben zusah, fielen ihm nochmals die ganzen Streitereien ein, die er mit Attila gehabt hatte und die der Anlass gewesen waren, weshalb sie bei den Bakhtans rausgeschmissen worden waren. Er hatte sich damals gewundert, weshalb das Kind unbedingt mit ihnen hatte mitgehen wollen. Zuerst hausten sie im Zelt im Wald, dann in diesem Pavillon, wo Attila weiter blieb und vernünftigerweise einverstanden war, dass er den Jungen wieder zu den Bakhtans zurückbrachte. Er selbst hatte dann erst im Asylzentrum Halenbrücke und dann wieder im Zelt gewohnt. Eigentlich hätte Attila als Pate mehr Verantwortung für den Jungen übernehmen sollen. Etwas schien Attila dort in diesem Pavillon auf dem Privatgrundstück sogleich fasziniert zu haben. Farid fragte sich, ob die Bakhtans und das Kind vom Tod Attilas erfahren hatten. Nach allem, was er gehört hatte, sollte es sich um ein Verbrechen handeln, er sollte erschlagen worden sein, aber von wem?

Einmal hatte er noch versucht, zu diesem Gartenhaus zu gelangen, die Türe war aber mit einem Schloss versehen, deshalb hatte er sich überlegen müssen, wo er die Nächte verbringen konnte. Dann fiel ihm ein, dass Attila kaum dass sie dort angekommen waren, ins Wohnhaus hinübergegangen war, um das Klo aufzusuchen, und erst nach einer halben Stunde wieder zurückgekommen war. Erklären tat Attila das damit, dass er Durchfall gehabt habe und er deshalb noch hatte duschen dürfen. Diese Erklärung kam Farid jetzt, im Nachhinein, etwas sonderbar vor, dass sie ihm überhaupt wieder einfiel, erstaunte ihn. Der Junge hatte sich damals eh nicht gewundert, sondern geduldig an seinem Zauberwürfel gedreht. Auch hatten, kaum waren sie dort gewesen, wieder die üblichen Streitereien angefangen.

Die Waldmenschen hatten inzwischen ihre gebratenen Fische aufgegessen und prosteten sich mit Rotwein zu. Das sind sicher keine Flüchtlinge, dachte Farid und entschloss sich deshalb, sich zurückzuziehen, um nicht entdeckt zu werden. Er brach sein Zelt wieder ab, packte es in einen kürzlich im Brockenhaus erstandenen Rucksack und entfernte sich weiter, ging zu einem Bach, dem er eine Zeit lang folgte. Er kam immer weiter ins Dickicht hinein, einen eigentlichen Weg gab es nicht, jedoch dachte er, allzu weit könne es nicht mehr sein, wo der Bach in diesen grossen Fluss mündete. Ruten schlugen ihm ins Gesicht, und er stolperte mehrmals über Wurzeln, Felsbrocken und herumliegende Äste. Das Geäst, das er zum Durchkommen zur Seite geschoben hatte und das sich hinter ihm wieder zurückbog, verfing sich an seinem prall gefüllten Rucksack und behinderte sein Vorwärtskommen.

Es war schon spät am Abend, und als die Dämmerung einsetzte, war er so erschöpft, dass er sich einfach auf den Waldboden setzte. Sein Zelt hier aufzustellen war unmöglich. Es gab kaum einen Quadratmeter plane Fläche, alles war überwachsen. Er war sich bewusst, dass über kurz oder lang völlige Dunkelheit herrschen würde. Er versuchte im Unterholz eine Stelle frei zu bekommen, bog Äste zur Seite, entfernte Steine und breitete die Zeltplane auf dem Boden aus. Entnahm aus dem Rucksack eine leere PET-Flasche und füllte sie am Bach mit Wasser, trank sie erst halb aus, um sie dann wieder aufzufüllen. Er schlüpfte in seinen Schlafsack, setzte sich auf seine ausgebreitete Zeltplane, rechtzeitig, bevor es vollständig dunkel war. Er nahm sein Smartphone, das Display leuchtete kurz auf, und er konnte gerade noch das Datum und die Uhrzeit ablesen – es war einundzwanzig Uhr fünfzig –, dann war der Akku leer. Morgen musste er eh zum Asylzentrum bei der Halenbrücke, um sein Sozialhilfegeld abzuholen. Bei der Gelegenheit könnte er auch sein Smartphone wieder laden.

Er versuchte, sich möglichst bequem auf dem harten Boden hinzulegen, aber total erschöpft vom Kampf durch das Unterholz schlief er sofort ein.

Erst ein kratzendes Geräusch und ein eigenartiger Duft liessen ihn erwachen, und er starrte in zwei leuchtende

Augen. Ob er oder das junge Reh mehr erschrak, blieb ihm unklar. Als er sich aufsetzte, nahm das Tier mit einem bellenden Geräusch Reissaus, und Farid blieb für den Rest der Nacht wach und wartete die Morgendämmerung ab. Bald setzte das vielstimmige Konzert der Vogelstimmen ein. Irgendwo klopfte ein Specht. Farid schlüpfte aus seinem Schlafsack, packte ihn samt Zelt in seinen Rucksack und ging weiter dem Bach entlang. Das Wasser floss immer schneller, und als er die Aare erblickte, stellte er fest, dass das Ufer, ein steiler, bewaldeter, unpassierbarer Abhang war. Er ging wieder dem Bach nach aufwärts und staunte nicht schlecht, dass er, kaum losgegangen, einen Weg entdeckte, den er zuvor aus unerklärlichen Gründen nicht gesehen hatte und auf dem er wieder zurück zum Glasbrunnen kam.

VIERZEHN

Das Wasser plätscherte aus der Röhre in den steinernen Trog. Ein älterer Mann mit einer roten Baseballmütze wusch sich unter dem laufenden Wasser gerade die Hände. Ein zweiter, ohne Kopfbedeckung, sass auf der Bank, hatte eine Brissago im Mund und begutachtete Pilze, bei denen er mit einem Messer Erde und Tannnadeln vom Stiel kratzte. Farid blieb mit einem gehörigen Abstand vom Brunnen entfernt stehen. Er hatte Durst, auch wollte er sich mit etwas Wasser die Augen auswaschen. Er wartete geduldig. Der mit der Brissago schaute während seiner Putzarbeit immer mal wieder mit einer Mischung aus Neugierde und Misstrauen – wie Farid dachte – zu ihm hin. Der mit der roten Mütze hatte seine Hände fertig gewaschen und schüttelte sie mangels eines Handtuches, bis er sich neben seinem Kollegen hingesetzt hatte. Zögernd ging Farid zum Brunnen hin. Er stillte seinen Durst und spritzte sich mit beiden Händen Wasser ins Gesicht. Nicht ohne eine kleine Bewegung mit dem Oberkörper, die eine Art Gruss darstellen sollte, entfernte sich Farid. Die zwei Männer verfolgten ihn mit ihren Blicken, schauten sich dann gegenseitig an, sagten etwas und wandten sich wieder ihren Pilzen zu.

Er musste heute unbedingt ins Asylzentrum. Das Aufladen des Smartphones würde sicher eine Stunde dauern. Und weil er dachte, dass die Polizei ihn eventuell als verdächtig, seinen Kollegen getötet zu haben, einstufte und die Leitung im Asylzentrum bei einer Stunde genügend Zeit hätte, die Polizei zu benachrichtigen, fand er es besser, nur das Geld entgegenzunehmen und zu versuchen, das Smartphone anderswo aufzuladen. Er hatte schon beobachtet, dass zum Beispiel im Zug überall Steckdosen angebracht waren, aber zu diesem Zweck extra ein Billett zu kaufen und nach Thun und zurück zu fahren, schien ihm etwas umständlich. Einmal hatte er beobachtet, wie eine junge Frau im Wartesaal eines Bahnhofes am Boden sass, mit einem Tablet auf den Knien, dessen Kabel zu einem Stecker an der Wand führte. Wo das gewesen war, konnte er sich nicht mehr erinnern. Sicher war er sich aber, dass es in diesen Café-Ketten wie Starbucks bei jedem Tisch Steckdosen an der Wand gab.

Als er zur Halenbrücke kam, sah er schon von Weitem, dass einige andere Sozialhilfeempfänger vor der Türe des Zentrums standen. Er ging über die Brücke und gesellte sich zu ihnen. Der Reihe nach gingen die Männer und einige Frauen durch die Türe, um kurz darauf mit dem Geld wieder wegzugehen. Ein paar wurden sogar mit dem Auto hierherchauffiert, Flüchtlinge, die nicht im Zentrum wohnten, sondern bei Verwandten oder Bekannten wie den Bakhtans, dachte Farid. Als er an die Reihe kam, das Geld entgegenzunehmen, stellte er fest, dass heute eine Aushilfe damit beschäftigt war, dieses abzugeben. Er nahm es in Empfang und verliess das Zentrum. Um möglichst schnell von hier wegzukommen und nicht lange an der Bushaltestelle direkt vor dem Zentrum herumzustehen, ging er zu Fuss Richtung Herrenschwanden, um von dort mit dem Bus in die Stadt zu fahren. Zwei oder drei Sozialhilfeempfänger stiegen bei der Halenbrücke in den Bus, der von Wohlen kam. Als der Bus den Bremgartenwald durchquerte, ging ein heftiges Gewitter nieder. Der Fahrer fluchte, aber er hatte sich daran gewöhnt diesen Sommer. Er konnte kaum etwas auf der Strasse vor sich sehen und musste im Schritttempo fahren. Eine Autokolonne hatte sich gebildet. Es krachte und blitzte, und irgendwo mitten im Wald hatte der Blitz in einen Baum eingeschlagen. Ganz kurz war eine Flamme zu sehen, die aber vom kräftigen Regen sogleich gelöscht wurde. Als sie beim Neufeld in die Stadt hineinfuhren, war das Gewitter schon wieder vorbei, und die Sonne schien zögerlich zwischen den Wolken hindurch.

Das Starbucks am Bahnhofplatz war gut besetzt. Beim Anblick seines Spiegelbildes in den grossen Glasscheiben zögerte Farid erst. Er sah etwas zerknittert aus. Auch als er ein wenig hilflos am Tresen stand, wo der Kaffee abgegeben wurde, hatte er das Gefühl, trotz der dort herrschenden gespielten Nonchalance aufzufallen. Und als er einen Kaffee verlangte und gefragt wurde, ob er einen Latte, Mocha, Macchiato, Frappuccino, Eiskaffee, Cappuccino, Espresso oder Flat White wolle, war er einigermassen überfordert. Das Einzige, was er kannte, war Mocha, also sagte er Mocha. Er bezahlte und nahm den Pappbecher mit Plastikmundstück in Empfang. Der junge Mann hinter der Theke hatte nicht angenommen, dass sich dieser Fremdling mit seinem augenscheinlichen Caritas-Outfit hinsetzen würde, denn dann hätte er ihm den Mocha in einer Tasse serviert. Farid schaute sich um. Tische, die an den Wänden aufgestellt waren, verfügten über Steckdosen. Genau diese Plätze waren aber fast alle besetzt.

Ratlos stand er inmitten dieses sich mit dem Smartphone unterhaltenden oder auf den Laptop starrenden Publikums. Zum Glück erhob sich eine junge Frau von ihrem Stuhl an der Wand, um wegzugehen, vergass dabei, den Stecker aus der Dose zu ziehen, und wäre beinahe über das Kabel gestolpert. Farid setzte sich mit seinem Becher an den frei gewordenen Platz, nahm sein Smartphone aus der Tasche, steckte den Stecker in die Dose, schlürfte etwas am Plastikmundstück des Kartonbechers, nahm sein Deutsch-Paschtunisch-Wörterbuch, lernte Vokabeln und fiel somit in keiner Weise mehr auf. Immer wieder kamen junge Leute, die einen freien Platz suchten. Irgendwann musste jemandem aufgefallen sein, dass Farid schon mehr als vierzig Minuten vor seinem Mocha sass, und ein Angestellter des Cafés machte ihn darauf aufmerksam, dass er, wenn er länger bleiben wolle, noch etwas trinken müsse. Obwohl Farid die Worte nicht verstanden hatte, war ihm klar, was gemeint war. Er zog den Stecker aus der Dose, überlegte, ob er noch mal einen Kaffee nehmen sollte, liess es aber bleiben, er würde nicht nochmals einen Platz mit Steckdose finden, denn kaum war er aufgestanden, war sein Platz schon wieder besetzt. Die geladene Kapazität, dachte er, würde sicher eine Zeit lang genügen.

***

Nachdem die Suche nach einem Peter Gerber erfolglos geblieben war, staunten Coric und Freuler samt allen anderen an diesem Fall Beteiligten nicht schlecht, als die Frau beim Empfang der Hauptwache meldete, ein gewisser Peter Gerber stehe beim Eingang. Freuler liess den Mann in sein Büro kommen. Der war sicher mindestens vierzig Jahre alt, trug einen Bart, einen etwas wirren Haarschopf und machte einen nicht allzu gepflegten, aber durchaus sympathischen Eindruck. Er schien ruhig und gelassen, und Freuler konnte sich durchaus vorstellen, dass er auf gewisse Frauen erotisierend wirkte.

«Zuerst mal vielen Dank, Herr Gerber, dass Sie sich gemeldet haben, das ist doch Ihr Name, Peter Gerber?», fragte Freuler.

«Ja, richtig. Meine Freundin hat mich angerufen und gesagt, dass Sie mich suchen würden. Da hab ich gedacht, ich melde mich, ich habe nichts zu verbergen», sagte Gerber gelassen.

«Gut», sagte Freuler. «Haben Sie eine Wohnadresse?»

«Wohnadresse? Ich wohne einmal da und einmal dort.»

«Ach so, na gut, klären Sie das mit der Einwohnerkontrolle», sagte Freuler.

Coric, die inzwischen die schwarz-violette Mütze aus der Asservatenkammer geholt hatte, kam ins Büro. Sie hielt das Beweisstück in die Höhe.

«Danke, Petra», sagte Freuler. «Kennen Sie diese Mütze, Herr Gerber?»

«Na klar kenne ich diese Mütze, die gehört mir. Wo haben Sie die her?»

«Sie wurde neben der Leiche eines Afghanen im Bremgartenwald gefunden.»

«Wie bitte?»

«Ja, die lag da.»

«Und jetzt glauben Sie, ich hätte etwas mit diesem Toten zu tun?»

«Wir glauben gar nichts», sagte Coric, «aber vielleicht haben *Sie* eine Erklärung.»

«Von was eine Erklärung?», fragte Gerber.

«Wie die Mütze dorthin gekommen sein könnte», ergänzte Freuler.

«Keine Ahnung», sagte Gerber leicht empört, «nach dem Sturm habe ich geholfen, die Strasse zu räumen, übrigens freiwillig. Als ich dort ankam, wo Räumungsarbeiten schon im Gange waren, hatte ich die Mütze noch auf, weil es leicht regnete. Im Laufe des Tages hab ich sie irgendwann ausgezogen … und, ich glaube, auf einen Stapel Holz gelegt. Erst später, als es schon dunkel war, hab ich sie vermisst. Anderntags war sie nicht mehr da, aber so wichtig war sie mir dann doch nicht, dass ich –»

«Weshalb haben Sie ausgerechnet eine Mütze des FC St. Gallen auf dem Kopf?», fragte Freuler in etwas scherzendem Ton.

«Warum nicht», sagte Gerber, «man soll seine Feinde lieben, heisst es doch. Matthäus 5:44.»

«Sind Sie religiös?», fragte Coric.

«Nein», sagte Gerber, «nur friedliebend.»

«Und wie sind Sie zu dieser Mütze gekommen?», hakte Coric nach.

«Hat mir eine Frau geschenkt.»

«Eine Frau?», fragte Coric ungläubig.

«Ja, eine FC-St.-Gallen-Fänin.»

«Na gut», sagte Freuler, der den Eindruck hatte, dass die Aussagen Gerbers glaubwürdig waren, «dann lassen wir Sie wieder gehen, jedoch hätten wir von Ihnen gerne Fingerabdrücke und eine Speichelprobe.»

«Muss das sein?»

«Es ist freiwillig. Sie können das selbstverständlich verweigern. So müssten wir die Staatsanwaltschaft bemühen, dann ist es nicht mehr freiwillig, und Sie müssten sich noch einmal herbemühen. Zudem wächst natürlich unser Misstrauen. Andernfalls entlastet es Sie eher», erklärte Freuler.

«Da gibt es nichts zu entlasten», empörte sich Gerber.

«Das wissen wir als Ermittler ja nicht. Immerhin lag Ihre Mütze bei einer Leiche. Sie sind zwar bereitwillig hierhergekommen … Wir tun nur unsere Arbeit.»

«Ich lass mich nicht registrieren», ereiferte sich Gerber.

«Ihre Daten werden wieder vernichtet», sagte Coric.

«Das sagen *Sie*!»

«Wenn Sie es nicht freiwillig machen, müssten Sie zumindest eine Wohnadresse angeben, wenn nicht, müssen wir Sie hierbehalten», sagte Freuler mit Nachdruck.

«Also gut, dann spuck ich halt.»

Freuler überlegte, ob es sinnvoll wäre, nochmals zu diesen Bakhtans im Gäbelbach zu fahren, entschied sich aber dagegen. Man war sich zwar sicher, dass es dieser Attila war, der umgebracht worden war, aber vielleicht war es besser, noch etwas zuzuwarten mit der Todesnachricht.

Das Telefon surrte. Freuler hob ab. «Was, schon wieder? Ja, sind schon unterwegs.»

Coric schaute von ihrem Arbeitsplatz auf. «Wohin unterwegs?»

«Diesmal ins Marzili, ein Mann ist von der Monbijoubrücke gesprungen, direkt auf die Liegewiese, hat einen Badegast dabei schwer verletzt.»

Ein Auto mit einem Bereitschaftspolizisten stand schon mit laufendem Motor bereit.

«Du kannst gerne hierbleiben, Petra kennt den Weg», sagte Freuler zum Kollegen.

«Wie du meinst», sagte der Polizeibeamte.

Sie stiegen ein, und Coric fuhr los. Das hatte sich so eingespielt, fast immer fuhr Coric. Freuler kannte die Stadt zwar sehr gut, wenn es aber darum ging, mit dem Auto an einen bestimmten Ort zu fahren, konnte Coric schneller reagieren und kannte die kürzeste Route. Über die Hodlerstrasse, die Speichergasse und entlang der Brunngasshalde erreichten sie die Matte und fuhren der Aarstrasse entlang zum Marzili. Das Bad war voll besetzt, die Wassertemperatur der Aare bei einundzwanzig Grad. Viele Badegäste waren aufgestanden und auf dem Strandweg an der Dampfzentrale vorbei zum sogenannten Spitz gelaufen, über den die Monbijoubrücke führte. Viele waren auf ihren Frotteetüchern liegen geblieben, weil sie gar nichts mitbekommen hatten. Einige vielleicht auch nur deshalb, weil sie zu weit weg vom Geschehen mit dem Smartphone kein Selfie mit spektakulärem Hintergrund machen konnten.

An der Unfallstelle, auf der Liegewiese, standen Dutzende von Badegästen, die in der Nähe gelegen hatten. Der Bademeister hatte zwar weiträumig mit rot-weissen Bändern abgesperrt, was einige Gaffer aber nicht daran hinderte, diese zu übertreten, um schnell ein Foto der beiden auf der Wiese Liegenden zu machen. Eine Angestellte des Marzilibades versuchte der Frau, auf deren Beine der Selbstmörder gestürzt war, Erste Hilfe zu leisten. Die

Beine waren offenbar gebrochen; an einer Stelle ragte ein Stück Knochen aus dem Gewebe, aber es blutete zum Glück nur leicht. Die Verletzte war im Schockzustand. Die Angestellte versuchte die Beine der Verletzten hochzulagern und schob zwei Badetaschen und ein Frotteetuch darunter. Der Suizident, der nur Badehosen trug, war tot. Er hatte, was er wollte, dachte Freuler, die Frau jedoch, die hier friedlich an der Sonne gelegen hatte, war mit gebrochenen Knochen schwer verletzt worden. Weshalb springt einer von der Monbijoubrücke, obwohl er weiss, dass unten Badegäste liegen und er diese eventuell zusätzlich verletzt. Es gibt Anlaufstellen für verzweifelte Menschen, auch in Bern, dachte Freuler.

Eine junge Frau, nur mit einem geblümten Bikinislip bekleidet, die in der Nähe der Verletzten gelegen hatte, redete auf Coric ein, und als Freuler dazukam, bedeckte sie ihre Brüste mit einem Badetuch. Sie sagte, dass dieser Mann, der von der Brücke gesprungen sei, sich vorher hier auf der Wiese aufgehalten habe. Ob er in Beziehung zu dieser verletzten Frau stand, konnte sie nicht beantworten. Inzwischen waren die Ambulanz und ein Leichenwagen eingetroffen, die die Verletzte und den Toten bargen und auf dem schmalen Strandweg wegschafften. Auch das wurde ausgiebig mit den Smartphones dokumentiert. Einen allzu nah gekommenen Hobbyfotografen herrschte Freuler ziemlich unsanft an. Der machte aber nur ein teilnahmsloses, arrogantes Gesicht, in das Freuler am liebsten geschlagen hätte.

Die Identität des Suizidenten war schwierig festzustellen, er trug ja nur Badehosen. Niemand von den jungen Leuten kannte den Mann. Die verletzte Frau konnte noch nicht befragt werden. Irgendwo müssten sich die Kleider des Toten befinden. Man musste abwarten, bis alle Badegäste das Marzili verlassen hatten, was an einem solch warmen Sommerabend dauern dürfte, und vielleicht die Kleider des Suizidenten übrig blieben. In der Nähe der Unfallstelle konnte nichts gefunden werden. Mieter einer der Umkleidekabinen im Marzili war der Mann höchstwahrscheinlich nicht gewesen, einen entsprechenden Schlüssel, befestigt an seiner Badehose, hatte er zumindest nicht. Die Unfallstelle wurde nun noch mit einer fixen Installation abgesperrt. Der Badebetrieb nahm wieder seinen gewohnten Lauf. Zwar nicht mehr ganz unbesorgt. Manche schauten hoch zur Brücke, um dann einen Liegeplatz aufzusuchen, der sich ausserhalb der Falllinie potenzieller Selbstmörder befand. Einige Sonnenbadende standen immer noch leicht frustriert bei der Abschrankung und fotografierten mit dem Smartphone wenigstens die Delle, die der Lebensmüde beim Sturz im Rasen verursacht hatte.

Coric und Freuler fuhren zurück zur Hauptwache. Nachdem sie den Dienstwagen abgestellt hatten, strebten sie zur Blechkantine. Dort stellten sie sich an ihren gewohnten Platz, wo man ins Grüne und zur Aare hinunterschauen konnte, und zündeten eine, wie sie meinten, verdiente Zigarette an.

«Was glaubst du?», fragte Freuler Coric. «War das ein gezielter Sprung von der Monbijoubrücke auf die Liegewiese oder eher Zufall, dass der Mann auf diese Frau stürzte?»

«Absicht kann ich mir nicht vorstellen. Er müsste das vorher genau vermessen und geplant haben, wo er hinstürzen würde. Dass dann die Person, die er zu attackieren beabsichtigt hatte, auch am entsprechenden Ort liegen würde, ist höchst unwahrscheinlich», sagte Coric.

«Bei Hass oder Rache kennt der Mensch gar nichts. Das geschieht oft wie in Trance», sagte Freuler.

Sie drückten ihre Zigaretten im kürzlich am Geländer angebrachten Aschenbecher aus und strebten der Kantine zu, um dort einen Kaffee zu trinken.

Wieder im Büro erfuhren sie, dass ein Kurztest ergeben hatte, dass der junge Mann einen Cocktail von Drogen intus gehabt hatte. «Möglicherweise sogar LSD», sagte Freuler.

«LSD», sagte Coric beim Verlassen des Hauses, «das ist doch diese Kultdroge aus den sechziger Jahren, wo man glaubte, fliegen zu können, oder?»

«Kommt wieder in Mode», sagte Freuler. «Vor allem bei Geschäftsleuten, Bankern und Managern, in geringen Dosen; sie müssen ja noch funktionieren, können nicht wegfliegen.»

Als Freuler am Abend nach Hause kam, sassen Anita und seine Mutter vor dem Haus am Gartentisch. Darauf stand eine kalte Platte mit Brot, Käse und Wurst, Gurkensalat und den ersten wenigen reifen Tomaten aus dem Garten. Ein Krug Ingwertee mit Zitrone stand daneben, und Anita schenkte Freuler ein Glas davon ein. Der trank es gierig aus, um es gleich selbst nochmals aufzufüllen.

«Scheint ein strenger Tag gewesen zu sein», sagte die Mutter und schaute Freuler erwartungsvoll an.

Er schilderte kurz, was geschehen war, nicht allzu ausführlich, um seiner Frau Anita den Appetit nicht zu verderben, legte dann zwei Scheiben Salami auf ein Stück Brot und biss hungrig hinein. Anita wollte nie im Detail wissen, mit welchen Verbrechen er tagsüber konfrontiert gewesen war. Wer meist alles wissen wollte, war seine Mutter. Sie war auch bei den schrecklichsten Geschichten nie besonders schockiert, sie war begierig darauf, alles bis ins Detail genau zu erfahren. Er war sich sicher, dass sie irgendwann, wenn Anita nicht zugegen war, nochmals auf ihn zukommen würde, um das Schreckensszenario, das sich auf der Marziliwiese abgespielt hatte, genauestens geschildert zu bekommen.

«Übrigens», sagte Anita, «Renate und Kurt haben die

Einladung angenommen, sie würden sogar gerne ein paar Tage bleiben, weil sie die Bademöglichkeiten in Bern so attraktiv finden, vor allem im Marzili.»

«Ausgerechnet», sagte Freuler, schöpfte etwas Gurkensalat in seinen Teller und ass die neunzig Prozent Wasser – in diesem Sommer dürften es sicher fünfundneunzig Prozent sein, dachte er. Wie wenn er es mit diesen negativen Gedanken heraufbeschworen hätte, war ein entferntes Donnergrollen zu hören. Wie es schien, hatte nur er es wahrgenommen.

«In Basel sei Rheinschwimmen zwar auch schön, sagt Renate, man müsse aber auf Fähren aufpassen, und die Mitte des Flusses sei tabu, weil dort die Rheinschifffahrt unterwegs sei», wiederholte Anita Renates Worte. Und eine Liegewiese wie im Marzili gebe es auch nicht.

«Und in der Aare musst du aufpassen, dass du nicht über das Schwellenmätteli gespült wirst», sagte Freuler und strich etwas Weichkäse auf ein Stück Solothurnerbrot, sein Lieblingsbrot. Jetzt donnerte es erneut. Diesmal wurde es von allen wahrgenommen. Kaum war das letzte Grollen verebbt, ging ein heftiger Platzregen nieder, sodass Freulers Mutter und Anita je einen Teller mit Käse und Wurst packten, Freuler das Brot vom Tisch nahm und alle fluchtartig zum Hauseingang strebten. Die Tomaten wurden erneut gewaschen, die Gurken erhielten noch mehr Wasser, und der Krug mit Ingwertee füllte sich wieder etwas auf.

***

Farid war im Bremgartenwald auf der Suche nach einem geeigneten Plätzchen, wo er sein Zelt aufstellen konnte, vom Weg abgekommen und stand plötzlich vor der Siedlung der Waldmenschen. Bevor er überlegen konnte, ob er wieder rechtsumkehrt machen sollte, fing es an, heftig zu regnen. In einem Unterstand aus Ästen, Reisig und Blachen standen ein Mann und eine Frau. Sie gestikulierten mit den Händen und winkten ihn heran. Farid zögerte. Als er schon völlig durchnässt war, folgte er endlich ihrer Einladung, in den Schutz der schlichten Behausung zu kommen. Das Feuer vor dem Eingang brannte trotz Regen weiter. Sie hatten die Feuerstelle unmittelbar neben einer riesigen Tanne eingerichtet. Es konnte tagelang regnen, der Boden im Umkreis des Baumes blieb trocken; das dichte Nadeldach hielt das Wasser lange Zeit ab. Das Gewitter dauerte nicht lange an, nach kurzer Zeit war der Spuk vorbei, und man konnte nur noch ein fernes Grollen hören, und zwischen den Bäumen hindurch schien gar kurz die Abendsonne.

Farids T-Shirt war völlig durchnässt. Es war jenes mit dem Emblem drauf, das schon einmal völlig durchnässt gewesen war und dessen Botschaft Farid nicht verstand. Er zog es aus und hängte es an die Wäscheleine, die dort in der Nähe des Feuers angebracht war. So war das Emblem noch deutlicher zu sehen. Es war zwar völlig verwaschen, aber lesen konnte man trotzdem noch schwach die Zeilen «Asylantenheim, nein danke». Ein früherer Besitzer dieses T-Shirts hatte das «nein» mit Filzschreiber durchgestrichen. Trotzdem, weshalb diese Textilie an Flüchtlinge abgegeben worden war, konnten die zwei Waldmenschen nicht verstehen. Sie versuchten, Farid diesen Umstand zu erklären, und boten ihm ein sauberes, trockenes T-Shirt an, das zwar auch nicht ganz frei von Illustration war; der Name einer amerikanischen Universität zierte das Kleidungsstück. Farid nahm es dankend an, aber vor allem, weil es trocken war. Zudem offerierten die Waldsiedler ihm für die Nacht einen Schlafplatz, den Farid zögerlich, aber dankbar annahm.

FÜNFZEHN

Liegen gebliebene Kleider, die einem jungen Mann hätten zugeordnet werden können, wurden im Marzilibad keine gefunden. Auch im Umfeld der Monbijoubrücke lag nichts Entsprechendes. Der Mann hatte sich wahrscheinlich nur mit Badehose bekleidet zum Marzilibad begeben. Die Möglichkeit, dass er zu Fuss gegangen sein könnte, hielten Freuler und Coric für unwahrscheinlich. Dass sie tags zuvor nicht auf die Idee gekommen waren, Ausschau nach stehen gebliebenen Fahrzeugen zu halten, war Freuler unverständlich. Es kam immer wieder vor, dass Wesentliches vergessen wurde. Freuler wusste aus dreissigjähriger Erfahrung, dass es sinnlos war, sich darüber zu grämen. Es war einmal mehr Coric, die darauf aufmerksam machte. Diesmal hatte auch sie nicht daran gedacht. Es lag vielleicht daran, dass in den Veloständern immer einige Velos standen, die scheinbar vergessen worden waren, und auf diese Art und Weise entsorgt wurden. Laut Bademeister gab es sogar Motorräder, die wochenlang dort abgestellt waren. Fahrräder, die sich Ende Badesaison immer noch dort befanden, wurden dann entfernt, entsorgt oder versteigert.

Es war jetzt halb acht, länger sollte man nicht warten, weil später Hunderte von Fahrrädern dort parkiert sein würden. Freuler fuhr mit einem Polizeibeamten zum Marzilibad. Einundzwanzig Velos waren es insgesamt, die dort abgestellt waren. Fünf davon konnten nicht in Frage kommen, weil keine Luft in den Reifen war, sie völlig verschmutzt oder so defekt waren, dass kaum angenommen werden konnte, dass gestern jemand damit hierhergefahren war. Von den restlichen sechzehn notierten sie die Rahmennummern. Bei dem einen Fahrrad klebte am Körbchen, das auf dem Gepäckträger angebracht war, der Beleg eines Postomaten, der ein Datum von vor zwei Wochen und einen Bezug von hundertvierzig Franken auswies. Den steckte Freuler in ein Plastiksäckchen. Bestimmt hatten nicht allzu viele Leute zur selben Zeit am selben Tag dieselbe Summe am selben Postomaten abgehoben. Mit dieser Ausbeute fuhren sie wieder zurück zur Hauptwache.

«Mit den Rahmennummern kommen wir kaum weiter. Wenn das Fahrrad zwei-, dreimal ohne Vertrag verkauft oder gar gestohlen worden ist, stossen wir im besten Fall auf den ersten Besitzer oder auf den Fahrradhändler», sagte Freuler. «Versuchen wir es als Erstes mit diesem Postomatenbeleg.»

Mittels der Daten auf dem Beleg konnte eine Person identifiziert werden: ein junger Mann aus dem Brunnadernquartier, der lebte aber noch. Der hiess auch Gerber, hatte aber mit Peter Gerber nichts zu tun. Er sagte am Telefon, das Velo sei ihm vor einigen Tagen gestohlen worden, und zwar mitten in der Stadt. Er habe es an der Hodlerstrasse abgestellt gehabt. Ausgerechnet, dachte Freuler. Es sei mit einem Zahlenschloss abgeschlossen gewesen. Vermutlich habe der Dieb die Schlaufe durchgeschnitten. Ob noch irgendwelche Teile dieses Schlosses vorhanden gewesen seien, wollte Freuler wissen.

Darnach habe er in seiner Wut nicht gesucht.

«Vielleicht liegt es noch da, wo das Velo abgestellt war», sagte Coric und erhob sich von ihrem Stuhl, um gleich selbst nachzuschauen. «Ist ja gleich hier um die Ecke.»

«Ich komme mit», sagte Freuler. Sie strebten zum Parkplatz neben der Hauptwache. Freuler suchte erst auf der Innenseite des Zaunes, konnte aber nichts finden. Dann folgte er seiner Kollegin, die aber jetzt zielbewusst auf die Innenseite der Mauer ging. Kaum hatte Freuler nun beim Parkplatz mit der Suche begonnen, hielt Coric ein Fahrradschloss mit einer Zahlenkombination in die Höhe. Der Velodieb hatte die Schlaufe, die nicht durchgeschnitten war, über die Mauer, die an den Parkplatz zur Polizeiwache grenzte, geschmissen, wo sie an der Eisenskulptur aus Hufeisen, Ketten, Zahnrädern, Schaufeln und Schraubenziehern, die dort als Kunst am Bau den Rasen zierte, hängen geblieben war. Der Dieb hatte die Zahlenkombination geknackt. Dass das möglich war, wurde vom Technischen Dienst bestätigt. Die Fingerabdrücke auf dem Zahlenschloss waren mit denen des jungen Selbstmörders identisch, also hatte er dieses Fahrrad geklaut. Weiter war man mit dessen Identifikation noch nicht. Man wusste lediglich, dass der junge Mann nur in Badehosen mit diesem Fahrrad zum Marzili gefahren war. Es blieb also abzuwarten, bis eine Vermisstmeldung einging. Falls der junge Mann in einer WG oder in einer besetzten Liegenschaft gewohnt hatte, könnte das dauern.

SECHZEHN

Als Farid eine Woche später sein Sozialhilfegeld abholen wollte, entdeckte ihn der Mann des Zentrums Halenbrücke in der Kolonne der Bezüger, die vor der Türe standen. Er erinnerte sich, dass er von Freuler gebeten worden war, ihn sofort anzurufen, falls besagter Afghane auftauchen sollte. Was er somit tat.

Zehn Minuten später fuhren zwei Beamte des Postens Neufeld mit einem Streifenwagen vor. Die zwei wussten erst nicht, welchen Mann aus der Kolonne sie festnehmen sollten. Als Farid versuchte abzuhauen, verriet er sich selbst. Er kam nicht weit, beinahe wäre er noch von einem vorbeifahrenden Auto überrollt worden. Als sie ihn gefasst hatten, leistete er keinen Widerstand mehr und stieg fast selbstständig in den Streifenwagen. Als jedoch der eine der beiden Beamten ihn am Kopf fassen wollte, drehte er sich abrupt um und deutete an, dass er sich alleine bücken könne, ohne den Kopf am Türrahmen anzuschlagen.

Die Beamten brachten Farid direkt zum Institut für Rechtsmedizin, wo er als Erstes den Toten identifizieren musste. Er gab an, Attila zu erkennen. Darauf fuhren sie zur Polizeiwache am Waisenhausplatz.

Die Vernehmung erfolgte mit einem Dolmetscher, der nebst Paschtunisch und Dari auch Englisch beherrschte, was nützlich war, weil Farid meist auf Englisch antwortete. Auf die Frage, wo er und sein Kollege in letzter Zeit gewohnt hatten, antwortete er ohne zu zögern: «Im Zelt.» Er gab bereitwillig Auskunft darüber, dass sie deshalb nicht mehr bei Bakhtans im Gäbelbach wohnten, weil sie sich dauernd gestritten hätten und deshalb rausgeschmissen worden waren.

«Worüber haben Sie sich denn gestritten?», wollte Freuler wissen.

Auch darauf gab Farid Antwort. Freuler und Coric hatten Mühe, den Grund der Streitereien wirklich zu verstehen. Ob sie nachher noch beisammen gewesen wären, fragte Coric.

Hier log Farid, sie seien danach getrennte Wege gegangen, vom Pavillon, in dem er zusammen mit Attila Zuflucht gefunden hatte, erzählte er nichts. Attila sei ja nicht im Zentrum Halenbrücke stationiert gewesen, sondern im «Viktoria», sie müssten dort nachfragen. Ob Attila nach dem Rausschmiss an der Waldmannstrasse wieder dorthin zurückgegangen sei, wisse er nicht. Obwohl sie sich dauernd in den Haaren gelegen hätten, tue es ihm sehr leid, dass sein Kollege tot sei. Mit dessen Tod hätte er aber nichts zu tun.

Weshalb er denn, als die Beamten beim Zentrum Halenbrücke ankamen, versucht habe, abzuhauen, wollte Coric wissen. Das sei ein Reflex, immer wenn er Angst um seine Freiheit habe, nehme er Reissaus. Während er von einem Beamten in einen Nebenraum geführt wurde, wo ihm noch Fingerabdrücke und eine Speichelprobe genommen wurden, unterhielten sich Coric und Freuler.

«Was hältst du von seinen Aussagen?», fragte er.

«Ich denke, er hat mit dem Tod seines Kollegen nichts zu tun», sagte Coric, «aber etwas verschweigt er.»

«Denkst du?»

«Ja, denke ich.»

«Wie kommst du darauf?»

«Ich weiss nicht, ich könnte mir vorstellen, dass die zwei noch längere Zeit zusammen waren», mutmasste Coric.

«Ins ‹Viktoria› ist Attila bekanntermassen nicht zurückgekehrt», sagte Freuler.

«Wie viel Zeit ist verstrichen, nachdem die zwei im Gäbelbach rausgeschmissen wurden und dem Tod von Attila?»

«Selbst wenn wir das wissen, bringt uns das nicht weiter», sagte Freuler.

Der Beamte kam mit Farid wieder zurück.

«Und was geschieht jetzt?», fragte Coric.

«Bis wir die Resultate der DNA haben, muss der Mann hierbleiben», sagte Freuler.

«Und wie lange dauert das?»

«Mindestens einen Tag.»

«Das bringt doch nichts. Wenn die zwei doch zusammen waren und gestritten haben, sind bestimmt auch DNA-Spuren vorhanden, die nichts über den Totschlag aussagen.»

Da kein dringender Tatverdacht bestand, liessen sie ihn trotz einiger Unklarheiten laufen. Bedingung war: Er musste sich wieder im Zentrum Halenbrücke aufhalten und nicht irgendwo campieren. Der Beamte wurde angewiesen, ihn dorthin zurückzubringen.

***

Das Zentrum Halenbrücke war vollständig überbelegt. Man war nicht davon ausgegangen, dass Farid, aus was für Gründen auch immer, nicht mehr im Gäbelbach bei der Familie wohnen und hierher zurückkommen würde, erklärte der Leiter. Er musste in ein anderes Zentrum verlegt werden. Der Leiter griff zum Telefon und rief als Erstes im nächstliegenden Zentrum, im «Viktoria», an. Dort war ein Platz frei, weil einer der Insassen ausgewiesen worden war. Der Beamte fuhr mit Farid zum Viktoriaplatz. Den befiel ein ungutes Gefühl, weil hier viele Freunde von Attila untergebracht waren, die von den Streitereien der beiden wussten und ihn möglicherweise als Mörder Attilas verdächtigen könnten.

Von den Mitbewohnern dort mit Argwohn beobachtet, wurden ihm ein Kajütenbett und ein Kästchen im Korridor zugewiesen. Weder hatte der Beamte, der ihn hierherbrachte, bemerkt, dass Farid keinerlei Gepäck bei sich hatte, noch war es den Betreuern des Zentrums aufgefallen. Seine ganze Habe befand sich bei den Waldbewohnern, wohin Farid dachte, wieder zurückzukehren. Er hatte nicht die Absicht, auch nur kurze Zeit hier zu verbringen.

Sobald die Betreuungspersonen ausser Reichweite waren, verliess er das Zentrum und nahm den Bus zum Bahnhof. Dort stellte er beim Blick auf sein Smartphone fest, dass der Akku wieder beinahe leer war. In dasselbe Starbucks zu gehen, um ihn wieder aufzuladen, getraute er sich nicht, deshalb ging er zur Waaghausgasse beim Käfigturm. Er hatte von Kollegen schon gehört, dass man dort nicht so restriktiv aufgefordert wurde, spätestens nach einer halben Stunde einen zweiten Kaffee zu konsumieren, wie in anderen Filialen der Restaurantkette. Das lag, vermutete Farid, am Personal. Nicht etwa daran, dass mehr Personal mit Migrationshintergrund hier arbeitete, sondern es herrschte ganz einfach eine entspanntere Atmosphäre. Zudem gab sich die Kette penetrant international. Dass die Gäste geduzt wurden, störte Farid nicht, und dass er auf Englisch angesprochen wurde, erleichterte sogar die Kommunikation. Er holte sich einen Mocha an der Theke und suchte einen Sitzplatz mit Stecker.

Hier war aber der Stromanschluss nicht so grosszügig vorhanden wie in der anderen Filiale, einzig bei einem Fensterplatz gab es eine Mehrfachsteckdose. Eine war frei, wo Farid seinen Stecker einsteckte und seinen Akku aufladen konnte. Er setzte sich auf einen der Kunstledersessel am Fenster. Obwohl an der Waaghausgasse gelegen, war das Restaurant mehr auf den Waisenhausplatz ausgerichtet, wo gerade Markt war. Direkt vor dem Eingang wurden geringelte Socken und Strickmützen verkauft; auch Hüte in allen Farben. Lange Zeit hatte er sich gewundert, weshalb junge Leute aus Bern mit zerrissenen Jeans unterwegs waren; auch junge, hübsche Mädchen. Wobei er die entblössten Knie reizvoll fand. Zerschlissene Kleidung war für ihn bis anhin ein Zeichen von Bedürftigkeit oder Versehrtheit gewesen. Als er ganze Gruppen von Jungen mit zerschlissener Beinkleidung und neuen Nike-Sneakers durch die Lauben schlendern sah, hatte er realisiert, dass dieser Look der neueste Modeschrei war.

Nach etwa zehn Minuten schaute er hinter sich und bemerkte, dass sein Stecker rausgezogen war und jemand anders seinen Akku auflud. Erst wollte er protestieren und den fremden Stecker wieder rausziehen. Kaum hatte er sich gebückt, stand ein in einen Trainer gekleideter junger Mann auf und sagte: «Dieser Stecker bleibt drin, verstanden? Kannst dein Handy bei der Heilsarmee aufladen. Sozialhilfe und Gratisstrom, *goht's no*?»

Auch wenn Farid die Worte nicht verstanden hatte, wusste er, was gemeint war. Gekränkt und mit einer Wut im Bauch verliess er das Café und hätte am liebsten die Scheiben der vier Telefonkabinen direkt vor dem Starbucks, die wie Relikte einer vergangenen Zeit hier unbenutzt herumstanden, zertrümmert. Und da stand noch diese schmutzig braune und bewachsene Säule vor dem Polizeigebäude, die er nicht einordnen konnte, und er fühlte sich mies. Während er durch die Spitalgasse Richtung Bahnhof ging, überlegte er, ob er versuchen sollte, in Afghanistan anzurufen. Er hatte es schon einige Male versucht, konnte aber keine Verbindung herstellen. Dort lebte immer noch eine Schwester. Die Kapazität des Akkus würde nicht ausreichen. Als er auf der Rolltreppe zur Bahnhofshalle hinunterfuhr, staunte er über die Sorgfalt, mit der hier undefinierbare Überreste einer Stadtmauer und eines Turmes hinter dickem Glas geschützt wurden.

Er dachte mit Wut und Schmerz an die riesigen wunderschönen Buddhastatuen von Bamiyan, die in seinem Heimatland von zerstörungswütigen Barbaren in die Luft gesprengt worden waren, und er musste sich zurückhalten, nicht in Tränen auszubrechen.

Er ging durch die ganze Bahnhofshalle, stieg beim Gleis 5 zum Perron hoch, wo er die Rolltreppe zur Schanzenstrasse benutzte, um zur Parkterrasse zu gelangen. Dort setzte er sich auf einen der Betonliegestühle und versuchte mit dem Smartphone seine Schwester in Afghanistan zu erreichen. Er hatte kaum ihre Stimme vernommen, da riss die Verbindung ab, der Akku war schon wieder leer, was nicht verwunderlich war, die Verbindung zum Stromanschluss hatte höchstens zehn Minuten bestanden. Er musste unbedingt zurück ins Starbucks, um den Akku mindestens so weit aufzuladen, dass er seine Schwester nochmals anrufen konnte.

***

Bei Meili und Susanne am Aarestutz ging das Leben seinen gewohnten Gang. Beide kämpften mit Schuldgefühlen. Obwohl Susanne keinen Totschlag verübt hatte und Meili der Schuldigere war, schien es ihm, dass sie mehr unter der Situation litt als er. Wenn er Susanne morgens manchmal begegnete, was selten vorkam, roch er schon aus einiger Entfernung ihre Alkoholfahne. Sie sass den ganzen Tag im Gästezimmer und überliess die meisten Hausarbeiten Alina. Die machte ihre Arbeit gut, und Meili konnte wie gewohnt seiner Arbeit im Finanzdepartement nachgehen. Sie kaufte ein, und für Meili war immer genügend Essbares im Kühlschrank. Zurzeit kaufte er sich manchmal über Mittag nur ein Sandwich und arbeitete essenderweise weiter, machte dafür etwas früher Feierabend, um der Rushhour zu entgehen. Die Arbeitszeiten der Bundesangestellten waren flexibel, sie mussten nur gewisse Blockzeiten einhalten. Manchmal ging er, nachdem er sein Sandwich gegessen hatte, noch auf einen Sprung ins Starbucks beim Käfigturm, um einen – wie er fand – ausgezeichneten Kaffee zu trinken. So auch heute. Er stand mit dem Kartonbecher an der Kasse, schaute sich um, ob er irgendwo einen freien Platz entdeckte. Als sein Blick auf Farid traf, erschrak er zuerst, wandte dann etwas zu schnell seinen Blick in eine andere Richtung. Sicher war er sich nicht, ob es wirklich der andere Afghane war, der ja nur kurze Zeit im Pavillon gehaust hatte, oder ob es nur der Effekt war, dass man den Eindruck hatte, alle Menschen aus fremden Kulturen sähen gleich aus.

Meili schaute nochmals um sich, ging zum Ausgang und stand dort kurze Zeit unschlüssig. Obwohl draussen soeben ein Platzregen niederging, spurtete er mit dem Kaffeebecher in der Hand los, um völlig durchnässt auf der gegenüberliegenden Strassenseite in einem Hauseingang Zuflucht zu suchen. Er fühlte sich von dem Afghanen beobachtet.

Zum Glück war der Spuk schnell vorbei. Als Meili beim Bundeshaus ankam, schien schon wieder die Sonne. So klatschnass konnte er aber nicht ins Büro zurückgehen, also stand er eine Zeit lang auf der Bundesterrasse, wo ein sanfter Wind wehte, der aber nicht ausreichte, sein Hemd zu trocknen. Er beschloss, diesmal die einstündige Mittagspause voll auszunutzen, um seine Kleider an Luft und Sonne trocknen zu lassen. Er stieg den Bundesrain hinab und schlenderte beim Marzili etwas der Aare entlang. Er ärgerte sich, denn wenn diese Begegnung mit dem Kollegen des von ihm umgebrachten Afghanen nicht gewesen wäre, hätte diese Mittagspause eine entspannende Angelegenheit sein können. Denn was ihm bis anhin mehr oder weniger gelungen war, nämlich seine Tat zu verdrängen, schaffte er nun nicht mehr. Hatte er sich mit seinem Verhalten verraten? Hätte er besser diesen Kollegen des Ermordeten freundlich begrüssen und ihm sogar sein Beileid aussprechen sollen? Mit nicht mehr sichtbar nassen, aber immer noch leicht feuchten Hosen ging er den Bundeshausrain hoch zum Finanzdepartement im Bernerhof.

***

Farid hatte Meili und sein Gebaren im Starbucks und dann durch das Fenster beobachtet. Er spürte, dass sein früherer Wohltäter, den er mit Sicherheit erkannt hatte, ihn auf keinen Fall wiedererkennen wollte. Was ihn irritierte. Sie hatten sich nicht im Unfrieden getrennt. Er hatte ihm sogar noch, kurz bevor er wieder wegging, geholfen, schwere Steinplatten zu verschieben, und dabei über Missverständnisse wegen Sprachproblemen herzhaft gelacht. Attila hatte nur zugeschaut. Er schien eher misstrauisch diesem Gastgeber gegenüber zu sein. Dass der Pavillon jetzt abgeschlossen war, das hatte Farid als Reaktion auf den gewaltsamen Tod von Attila interpretiert, dergestalt, dass der Besitzer des Pavillons sich von den Querelen, die möglicherweise auf ihn zukommen könnten, distanzieren wollte.

Es schien eindeutig, der Mann wollte unbedingt eine Begegnung mit ihm verhindern. Möglicherweise verdächtigte er ihn sogar, Attila umgebracht zu haben. Jetzt fiel Farid auch wieder Attilas grundsätzliches Misstrauen selbst gegenüber den Menschen ein, die seinen Flüchtlingsstatus akzeptiert und sich hilfsbereit gezeigt hatten; was einer der Gründe gewesen war, weshalb sie sich ständig in den Haaren gelegen hatten.

Nachdem sich Farids Smartphone diesmal etwas länger hatte aufladen können, nahm er den letzten Schluck Mocha aus dem Kartonbecher und warf ihn in den bereitstehenden Abfalleimer.

Beim Käfigturm wäre er beinahe vom Tram überfahren worden. Es hatte wohl geklingelt, aber Farid hatte es von der Gegenseite erwartet. Der Markt auf dem Waisenhausplatz war immer noch im Gange. Dem konnte er nicht widerstehen, und er schlenderte zwischen den Auslagen hindurch, wo von Kleidern über Schmuck, Werkzeuge und Schallplatten bis zu Luftballonen in Elefantenform alles angeboten wurde. Der Gemüsemarkt erinnerte ihn an seine Heimat. Obwohl … so ordentlich und akkurat, wie hier die einzelnen Früchte und Gemüse schön separiert angeboten wurden, war es dort nicht. Der Markt war nicht besonders gut besucht, es waren Sommerferien und immer noch Mittagszeit.

Vielleicht könnte er versuchen, wieder bei Bekannten unterzukommen, im Gäbelbach zum Beispiel, bei den Bakhtans. So tragisch es war, dass Attila tot war, den Grund, weshalb sie dort rausgeschmissen worden waren, gab es nun nicht mehr. Mit sich selber konnte er nicht streiten, höchstens lautlos. Er ging die Spitalgasse hoch zum Bahnhof, stieg in das 102er Postauto und fuhr zum Neufeld. Den Weg zu den Waldsiedlern kannte er nur von der Halenbrücke her. Bis dorthin zu fahren getraute er sich aber nicht. Da sich die Bushaltestelle unmittelbar neben dem Asylzentrum befand, hätte ihn vielleicht jemand erkannt. Dieses Risiko wollte er nicht eingehen.

Als er aus dem Bus stieg, dampfte die Asphaltstrasse noch, bis zum Eingang in den Wald war sie aber schon fast wieder trocken. Beim Neufeld musste er sich zuerst orientieren. Er musste zum Glasbrunnen gelangen, von dort kannte er den Weg. Als fleissiger Mensch hatte er sich schon so weit mit der deutschen Sprache und der hier herrschenden Schrift auseinandergesetzt, dass er das Schriftbild, also ein Wort wie «Glasbrunnen», erkennen konnte, und das bemerkte er auf einem Wegweiser. Dem folgte er.

Auf dem Weg dorthin begegnete er einigen Leuten, die meist mit Hunden unterwegs waren. Farid hatte Angst vor Hunden. Zum Glück wurden die meisten an der Leine geführt. Sobald er jemanden vor sich gehen sah, der seinen Hund nicht angeleint hatte, blieb er stehen und wartete, bis der Abstand zu Hund und Halter gross genug war, um wieder etwas weiterzugehen. Er hatte nicht damit gerechnet, dass er auch von Hunden und Haltern von hinten überholt werden könnte. Als er wieder einmal stehen blieb, um abzuwarten, bis die Distanz zu den vor ihm Gehenden gross genug war, hörte er auf einmal die Stimme eines Hundehalters hinter sich, der versuchte, seinen Hund zurückzurufen, was ihm offenbar nicht gelang. Farid erstarrte vor Schreck. Der Hund war gross, hatte lange Haare und war sehr schnell unterwegs. Kurz bevor er bei Farid anlangte, machte der Hund eine abrupte Bewegung rechts in den Wald hinein. Der Hundehalter kam auf Farid zu und entschuldigte sich überschwänglich. Farid verstand die einzelnen Worte nicht, jedoch dass es ihm leidtat, hatte er sehr wohl verstanden, und deshalb verneigte er sich leicht. Inzwischen war der Hund zurückgekehrt. Der Halter schimpfte mit ihm und nahm ihn an die Leine. Er entschuldigte sich noch einmal, merkte aber jetzt, dass Farid seine Worte nicht verstand, und fragte: *«Where do you come from?»*

Farid antwortete: *«From Afghanistan.»*

«It's funny, that's an Afghan, too.» Er deutete auf den Hund.

Farid verstand gar nichts. Er wusste nicht, ob das eine Beleidigung sein sollte oder ein schlechter Witz. Er deutete auf das Tier und sagte nur: *«Tarzi»*, was der Hundehalter seinerseits nicht verstand.

Beim Glasbrunnen angekommen, musste er sich erst wieder überlegen, ob er nach links oder rechts gehen musste, um zu den Siedlern zu gelangen. Er stellte sich vor den Brunnen und drehte sich zweimal um die eigene Achse, und als er mit dem Rücken zum Brunnen stand, da fiel es ihm wieder ein: Er musste nach rechts gehen. Er ging auf diesem Weg weiter und kam bald zu der Stelle, wo der Wald sich etwas lichtete. Dort gelangte er über Brombeerstauden und zwischen jungen Buchen wieder dichter in den Wald hinein, und bald roch er den Rauch des Lagerfeuers. Plötzlich befielen ihn Zweifel, ob das, was er tat, richtig sei. Die Betreuer im «Viktoria» hatten bestimmt Anweisungen der Polizei bekommen. Und wenn die berichteten, dass er sich nicht dort aufhielt, machte er sich höchst verdächtig. Er könnte es nochmals im Zentrum Halenbrücke versuchen. Mit den Betreuern dort hatte er ein fast freundschaftliches Verhältnis.

Bei den Siedlern angekommen, traf er nur die Frau an, die beiden Männer waren beim Einkaufen. Farid versuchte ihr zu erklären, weshalb er wieder ins Zentrum zurückkehren wollte. Sie konnte nicht genau verstehen, weshalb. Aber es sei schon in Ordnung, sagte sie beschwichtigend, weil Farid vermittelte, dass er fast ein wenig ein schlechtes Gewissen habe, da er ihre freundliche Herberge nicht mehr wünschte.

Er nahm seine wenigen Habseligkeiten und verabschiedete sich. Zurück ging er mit Absicht einen anderen Weg. Er wollte auf keinen Fall nochmals dem Hundehalter mit dem Tarzi begegnen. Also ging er beim Glasbrunnen den Weg dem kleinen Bach entlang, den er schon einmal gegangen war und wo er sich verirrt hatte. Diesen Weg kannte er nun, ausserdem war es helllichter Tag und nicht dunkle Nacht.

Er erreichte kurze Zeit später das Asylzentrum Halenbrücke. Der Betreuer dort freute sich, Farid wiederzusehen. Auf die Frage, wie es ihm im «Viktoria» gefalle, seufzte er nur tief, worauf der Mann eine Geste machte, die bedeutete, inzwischen sei wieder etwas frei geworden. Weil der Betreuer Farid als ruhigen und zuverlässigen Gast kannte, der keinerlei Schwierigkeiten bereitete, konnte er mit dem «Viktoria» vereinbaren, dass Farid wieder hier wohnen durfte. Auch informierte der Betreuer Freuler.

SIEBZEHN

Renate und Kurt waren am gestrigen Abend zusammen für eine Stippvisite nach Bern gekommen.

«Irgendwann werden sich die Eltern dieses jungen Selbstmörders sicher melden, wenn er längere Zeit nicht mehr zu Hause auftaucht», sagte Kurt.

«Wir kennen ja die Familienverhältnisse des Jungen nicht», erwiderte Freuler. «Wir hatten schon einen Fall, da hat sich der Vater einer jungen Frau, die einem Gewaltdelikt zum Opfer fiel, erst nach zwei Monaten gemeldet. Solange musste die junge Frau tiefgekühlt werden, damit sie vom Vater identifiziert werden konnte.»

«Wie wäre es mit einem anderen Thema, so beim Frühstück?», fragte Renate in den herrlichen Sommermorgen, bei strahlender Sonne und fröhlichem Vogelgezwitscher, und strich die schon ganz weich gewordene Butter auf den Butterzopf, den Mutter Freuler gebacken hatte.

Solche Fachsimpeleien waren kaum zu vermeiden, wenn Kurt und Freuler zusammen waren. Beide arbeiteten bei der Polizei.

«Klar können wir», sagte Kurt. «Was ist mit deinen Tomaten passiert?», fragte er Freuler.

«Braunfäule. Zum Glück nicht alle. Dieser Dauerregen bekommt den Tomaten schlecht.»

«Renate und ich haben auf dem Balkon eine kleine Gemüse- und Kräuterkultur angelegt, da gibt es keine Probleme mit Braunfäule.»

«So, Schluss mit diesem morbiden Geschwätz!», sagte Anita und stellte einen Teller mit gesunden, reifen Tomaten auf den Tisch, die sie eben gepflückt hatte. «Was macht dein Bauch?», wandte sie sich an Renate.

«Dem geht's bestens», sagte Renate und gab ihm zwei kreisende Streicheleinheiten, stand dann auf, um die weiteren Gewächse in Freulers Garten zu betrachten. «Sieht fast so aus wie damals in Basel, aber hier hast du mehr Möglichkeiten, der Garten ist viel grösser», sagte sie.

«Das wird ein Frühlingskind wie ich», sagte Freuler, der auch im April Geburtstag hatte.

«Hauptsache, es ist gesund», sagte Freulers Mutter.

«Und alles ist dran», meinte Freuler beifügen zu müssen. Renate hatte zum Glück die Bemerkung nicht mitbekommen.

«Nichts zu machen, die Polizei, dein Freund und Helfer, hat nun einmal eine morbide Ader», sagte Anita resigniert, ging ins Haus und kam nach kurzer Zeit mit einem Tablett, worauf fünf volle Tassen standen, aus der Küche zurück. Sie hatte dort die Kaffeemaschine nochmals angeworfen und die Tassen gefüllt. Renate brachte eine Handvoll Himbeeren an den Tisch. Alle naschten davon, sassen minutenlang da, ohne das friedliche Beisammensein mit morbiden Geschichten zu attackieren.

***

Freuler ging den Muristalden hinab. Die Bären tummelten sich im Park. Auf der Aussichtsterrasse standen schon einige Dutzend handystickbewaffnete Asiaten, die versuchten, sich selber mit einem Bären im Hintergrund auf das Bild zu bannen. Was schwierig war, weil der Bärenpark an einem Abhang zur Aare angelegt ist. Damit das Foto auf jeden Fall gelingen konnte, hatten sich einige Wagemutige mit dem Rücken zum Bärenpark auf die Mauer gesetzt und lehnten sich steil nach hinten, um möglichst ein Selfie mit Bär machen zu können. Ein Aufseher bereitete dem gefährlichen Treiben ein Ende und wurde deswegen von einigen Japanern wüst beschimpft. Sie gingen daraufhin die Treppe hinunter zur Aare und versuchten von dort durch die Glasscheibe ihre Selfies mit Bär zu bekommen. Viele Leute sind sich nicht bewusst, wie gefährlich es ist, wenn Väter ihre Kinder auf die Schulter nehmen, damit sie die Tiere besser sehen können, dachte Freuler.

Er hatte dieses Tun einige Minuten beobachtet und dabei unmerklich den Kopf geschüttelt. Er konnte nicht länger hinsehen. Er erinnerte sich an einen Fall, der sich hier vor etwa eineinhalb Jahren zugetragen hatte: Bei einer Auseinandersetzung zweier Männer war der eine in den Bärenpark gestürzt und zu Tode gekommen. Die Bären schien heute das Treiben der Touristen nicht zu kümmern. Einer lag im Schatten eines Baumes, und der andere hatte sich ins Planschbecken gestürzt und schwamm mit hocherhobenem Kopf einige Längen.

Freuler stieg bei der Nydeggbrücke in den Bus. Am Bärenplatz ging er zwischen den Auslagen von Gemüsen und Früchten hindurch und wunderte sich nicht, dass hier keine Braunfäule auf Tomaten und kein Mehltau zu sehen waren.

Auf der Bank vor seinem Büro sass eine etwa fünfundvierzigjährige Frau. Sie sah schrecklich aus; diese Mischung aus Verlassenheit, Trauer und der mit Drogen und Alkohol verbrämten Verzweiflung im Gesicht. Neben ihr sass Coric und hielt den Arm um ihre Schulter. Die neue Woche fängt ja gut an, dachte Freuler. Ein Beamter fuhr sie ins Stadtbachquartier ins Institut für Rechtsmedizin, wo die Frau ihren Sohn identifizieren sollte. Coric sass mit ihr im Fond des Autos und hielt ihre Hand. Die temporäre Ernüchterung der Mutter beim Anblick ihres toten Sohnes war auch für abgebrühte Beamte wie Freuler kaum auszuhalten. Coric musste den Raum, worin Leichen in Kühlfächern aufbewahrt wurden und die Mutter ihr totes Kind identifizierte, verlassen. Sie stand draussen und wischte sich die Tränen aus den Augen. Die Mutter des jungen Selbstmörders brach im Flur zusammen und musste notfallmässig ins Spital überliefert werden. Sie hatte ihren Sohn längere Zeit nicht vermisst, weil er seit Monaten nicht mehr zu Hause wohnte.

Die Vermisstmeldung kam von einem Lehrer, der in der Zaffaraya-Siedlung wohnte. Der zum Suizid Entschlossene hatte einige Tage dort Unterschlupf gesucht. Vorher hatte er in einem besetzten Haus gewohnt, sich aber nicht einmal an den einfachen Strukturen, die es selbst dort gab, orientiert, sondern sich nur zugedröhnt, woraufhin er von den Besetzern unmissverständlich hinausgeschmissen worden war. Im Zaffaraya wurde er mehr aus Barmherzigkeit aufgenommen, weil er dort bei strömendem Regen völlig durchnässt ankam. Auch hier nahm er am gesellschaftlichen Leben kaum teil, und eines Tages fand man seine Kleider, sein Handy und sein Portemonnaie vor dem Wohnwagen, in dem er kurzfristig gehaust hatte. Alles lag völlig durchnässt vor der Türe. Als er nach mehreren Tagen nicht zurückkam, hatten die Zaffarayaner die Polizei informiert. Wie er von dort in die Innenstadt gelangt war und weshalb er dieses Fahrrad geklaut hatte, blieb schleierhaft. Dass er nur mit Badehose bekleidet niemandem besonders aufgefallen war, hatte vermutlich mit den sommerlichen Temperaturen zu tun, glaubte Freuler. Jedenfalls geschickt musste der Junge gewesen sein, er hatte das Zahlenschloss geknackt.

Coric und Freuler verliessen das Institut für Rechtsmedizin. Draussen vor der Tür bot Freuler Coric ohne ein Wort zu sagen eine Zigarette an, steckte sich selber eine in den Mund und gab Coric mit einem Streichholz Feuer, womit er sich seine Zigarette ebenfalls anzündete und sich dabei fast die Finger verbrannte.

Sie standen noch eine Weile vor dem Institut, drückten ihre Zigaretten im für die rauchende Minderheit angebrachten Aschenbecher aus, und ohne dass sie es abgesprochen hatten, machten sie sich zu Fuss auf den Weg zurück zum Waisenhausplatz. Während sie dem Donnerbühlweg entlanggingen, sprachen sie minutenlang kein Wort. Ein völlig verschlafenes Quartier, dachte Freuler. Er kannte diese Stadt nun wirklich, aber hier glaubte er noch nie gewesen zu sein. Ältere herrschaftliche Villen zwischen ebenso behäbigen Mehrfamilienhäusern säumten die praktisch verkehrsfreie Strasse. Mehr aus Verlegenheit und um die Stille zu beenden, sagte Freuler: «Den Kleinkram, wenn man dem so sagen will, haben wir mehr oder weniger gelöst, jedoch im Fall Attila stecken wir in einer Sackgasse.»

«Kleinkram sagst du dem, was wir vorhin erlebt haben», empörte sich Coric.

«Ich meine natürlich vom Aufwand her, nicht von der Tragik», beschwichtigte Freuler.

Während sie über die Schanze zur Aarbergergasse gingen, sagte Coric: «Die Zeit zwischen dem Tag, als die beiden im Gäbelbach rausgeschmissen worden sind, und dem Tod des einen ist, wie es so schön neudeutsch heisst, eine Blackbox.»

«Vielleicht lügt Farid doch, und sie waren längere Zeit noch zusammen, und als sie bei den Bakhtans rausgeschmissen wurden, fehlte auch jegliche soziale Kontrolle, und da ist es vielleicht passiert.»

«Ich kann dir nicht sagen, weshalb, aber ich habe den Eindruck, dass Farids ganzes Verhalten darauf hindeutet, dass er nicht der Täter sein kann.»

«Weshalb sollte er dann lügen?»

«Diese Leute sind traumatisiert, sind misstrauisch. Sie wollen sich möglichst aus allem raushalten», sagte Freuler.

***

Im Zentrum Halenbrücke konnte Farid wieder im selben Dreierzimmer dasselbe Bett beziehen, das er, bevor er sich in den Gäbelbach abgesetzt hatte, bewohnt hatte. Er wurde sehr herzlich wieder aufgenommen. Die beiden Mitbewohner waren sogar noch dieselben, sie hatten nur Probleme gehabt mit dem Mann, der in der Zwischenzeit hier gehaust hatte. Nachdem Farid sein bescheidenes Gepäck deponiert hatte, war gerade Zeit für das Mittagessen. Darauf hatte er sich besonders gefreut. Hier im Zentrum war auch ein afghanischer Koch als Flüchtling untergebracht, der Spezialitäten wie Sambosa-Teigtaschen und Elefantenohren zubereitete.

Nach dem Essen ging er den Aarestutz hinab, er hoffte jedoch, den Besitzer des Pavillons nicht wieder anzutreffen. Der Mann war sicher an der Arbeit, er würde vielleicht dessen Ehefrau zu sehen bekommen.

Im Schatten des kleinen Wäldchens hielt er einen Augenblick an. Es war besonders heiss heute, und anders als in seiner Heimat war die Hitze hier in Europa zumeist feuchtheiss. Im Süden Afghanistans, wo er herstammte, herrschte zumeist eine eher trockene Hitze. Er näherte sich langsam dem Grundstück und blieb etwa an der Stelle stehen, wo er und Attila damals im Regen gestanden hatten und vom Hausbesitzer angesprochen worden waren. Auf der Abzweigung, die zum Haus führte, weiterzugehen, getraute er sich nicht. Im oberen Stock wurde ein Fenster geöffnet, und eine Frau schaute hinaus. Wahrscheinlich die Ehefrau, dachte er und ging weiter. Er war sich nicht sicher, ob es nicht Konsequenzen haben könnte, dass er der Polizei seinen und Attilas Aufenthalt in diesem Pavillon verschwiegen hatte. Er befürchtete, dass die Polizei denken könnte, dass er, nachdem sie beide im Gäbelbach wegen der ständigen Streitereien rausgeschmissen worden waren, hier nur weitergestritten hätten und dass er Attila umgebracht habe. Besser die Polizei würde annehmen, sie seien nach dem Rausschmiss im Gäbelbach jeder seinen eigenen Weg gegangen.

Beim Weitergehen fiel ihm wieder die Begegnung mit dem Hausherrn im Starbucks ein. Der war vielleicht beleidigt, weil er seine Gastfreundschaft nicht länger geschätzt hatte. Oder war er der Täter? Aber weshalb sollten Leute, die freiwillig Flüchtlinge beherbergen, diese umbringen? Solche Gedanken drehend und wendend, ging er weiter flussabwärts der Aare entlang.

Das Wasser floss immer gemächlicher, und er hatte gehört, dass irgendwo eine Staumauer war. An einer Stelle, wo der Fluss nah am Weg vorbeifloss, setzte er sich in die Wiese. Erst zog er die Schuhe aus und streckte seine Füsse ins Wasser. Die Sonne brannte auf seinen Kopf. Er zog Hemd und Hose aus, stieg ins Wasser und schwamm ein paar Meter vom Ufer entfernt einige Minuten an Ort und Stelle. Es fühlte sich fast so an, wie wenn man in einem See schwimmen würde, weil hier nur wenig Strömung herrschte. Farid fand es herrlich erfrischend. Als er zurück an Land schwamm, sah er nahe beim Ufer halb im Wasser, von Gestrüpp und Gras festgehalten, die schrillen Farben eines Zauberwürfels leuchten. Er stieg aus dem Wasser und holte ihn heraus. Er erinnerte sich, dass der Junge fast geweint hatte, weil er den Zauberwürfel im Pavillon vergessen hatte, obwohl der Hausherr ihm gesagt hatte, er könne ihn behalten. Dass er den Würfel vermisste, hatte er erst festgestellt, als sie schon im Gäbelbach angekommen waren. Der hier könnte ja derselbe Würfel sein, dachte Farid, aber wie war er dann in die Aare gekommen? Egal, dachte er, jedenfalls werde ich diesen Würfel dem Jungen an die Waldmannstrasse bringen. Er schaute erst um sich, zog dann die nassen Unterhosen aus und schlüpfte so, ohne sich abzutrocknen in die Adidas-Trainerhose, die ihm zu gross war. Schaden schien der Würfel keinen genommen zu haben. Der Zauberwürfel war an der Sonne bereits wieder getrocknet, und Farid steckte ihn in die Tasche.

Zurück im Zentrum, zog er ein paar trockene Unterhosen an und fuhr mit dem Bus in die Stadt zum Bahnhof. Dort stieg er in das 8er Tram und fuhr zur Waldmannstrasse. Ausgerechnet nachdem er ausgestiegen war, ging einmal mehr ein Gewitter nieder. Dazu wehte ein heftiger Wind. Er drückte sich mit dem Rücken an die Glaswand des Wartehäuschens und versuchte so, wenigstens nicht völlig durchnässt bei den Bakhtans anzukommen. Das Gewitter dauerte nicht allzu lange, der Donner entfernte sich, und Blitze waren bald nicht mehr zu sehen, der Regen jedoch hielt an. Das sei kein gutes Zeichen, hatte Farid sich von Schweizern belehren lassen, so würde sich der Gewitterregen in einen Landregen verwandeln, und der könne dauern. Es war jedoch nicht so, genau wie letztes Mal, als er im Starbucks gewesen war. Es hörte bald zu regnen auf, und Farid spurtete zur Waldmannstrasse.

Als er an der Wohnungstüre läutete, öffnete der Junge. Farid redete nicht lange drum herum, nahm den Zauberwürfel aus dem Sack und gab ihn dem Jungen, fragte, ob das der vom Pavillon sei. Der Junge nahm den Würfel, schaute alle Seiten genau an, sagte, und dabei strahlte er, ja, das sei derselbe, das erkenne er daran, dass eine der roten quadratischen Flächen leicht beschädigt sei. Wo er den gefunden habe, wollte der Junge wissen. In der Aare, sagte Farid. Das sei sonderbar, meinte der Junge, er sei nie draussen am Fluss gewesen mit dem Würfel, er habe immer nur drinnen im Pavillon damit gespielt, und ihn, wenn er nicht daran gedreht habe, auf das Fenstersims gelegt. Als Farid, bevor sie weggingen, sich mit Attila so gestritten habe und sie auch tätlich geworden waren, sei er nach draussen gegangen und habe den Zauberwürfel vergessen. Farid freute sich mit dem Jungen, bläute ihm aber ein, nichts über ihren Aufenthalt in diesem Pavillon zu verraten, sondern dass er, wenn er gefragt würde, antworten solle, er wisse nicht mehr, wo er den Würfel verloren habe. Irgendwo in der Stadt habe er ihn wahrscheinlich liegen gelassen. Das sei ganz wichtig, sagte Farid und verabschiedete sich. Er wunderte sich, weshalb der Junge nicht nach Attila gefragt hatte. Eigentlich war er ganz froh darüber, er hätte eh nicht gewusst, was er sagen sollte.

***

Obwohl er es gewesen war, der die Bakhtans aufgefordert hatte, ihn zu benachrichtigen, falls der eine Afghane bei ihnen auftauchen sollte, überraschte es Freuler, als er vom Gäbelbach einen Anruf erhielt. Vielleicht, meinten sie, sei es ohne Bedeutung, aber sie wollten nichts unversucht lassen, den Tod ihres Neffen aufzuklären. Über dessen Tod waren sie vom «Viktoria» unterrichtet worden. Farid sei während ihrer Abwesenheit hier aufgetaucht und habe dem Jungen einen Zauberwürfel gebracht, den ihm, soviel er erzählt hatte, Attila geschenkt und den er dann verloren habe. Farid habe ihn in der Aare gefunden. Vielleicht sei es auch nicht derselbe, die sähen ja alle gleich aus.

«Ein Zauberwürfel, schwimmen die?», fragte Coric, nachdem ihr Freuler das Telefongespräch mit den Bakhtans wiederholt hatte.

«Hat mich auch gewundert. Ich dachte, die saufen ab.»

«Vielleicht ist drin im Würfel genügend Hohlraum, dann schwömme er auch, wenn er aus Eisen wäre», sagte Coric.

«Ja, so viel ist auch mir bekannt», bestätigte Freuler mit leicht genervtem Unterton.

«Ich frage mich, was dieser Zauberwürfel mit unserem Mordfall zu tun haben soll?»

«Wir müssen allem nachgehen, was mit der Konstellation dieser beiden Afghanen und dem ganzen Umfeld zu tun hat, und wenn es nur ein Spielzeug ist», sagte Freuler leicht gereizt, weniger wegen Corics Frage, sondern weil man mit den Ermittlungen noch nicht weiter war.

«Wissen müsste man, wie und wo dieser Würfel in die Aare fiel oder geschmissen wurde», sagte Coric.

«Der könnte vom Dählhölzli bis zur Halenbrücke geschwommen sein.»

«Und was machen wir jetzt mit dieser Zauberei?», fragte Coric sanft, sie hatte die genervte Antwort Freulers wohl bemerkt.

«Wir holen uns den und schauen ihn genauer an.»

«Zuerst kaufen wir einen Ersatz, wir müssen dem Jungen sein Spielzeug ersetzen», sagte Coric.

Damit war Freuler einverstanden. Sie gingen zu Fuss zur Neuengasse und kauften dort beim Interdiscount einen Zauberwürfel. Die Verpackung entfernten sie an Ort und Stelle. Im Laden stand extra ein Tisch zur Verfügung, wo man sich der Verpackungen entledigen konnte. Erst wollte Freuler Handschuhe anziehen, um nicht unnötige Spuren auf dem Würfel zu hinterlassen, aber ein irritierter Blick Corics liess ihn diese Vorsichtsmassnahme unterlassen. Dieser Zauberwürfel war besonders aufwendig und satt verpackt. Freuler musste fast Gewalt anwenden, um ihn aus der Verpackung zu schälen. Er hatte schon oft gedacht, dass gewisse Gebrauchsgegenstände so aufwendig verpackt waren, dass man den Verdacht nicht loswurde, die Verpackung könnte kostspieliger gewesen sein als der Inhalt.

Im Tram zum Gäbelbach drehten beide abwechselnd am Zauberwürfel, aber es gelang beiden nicht, die farbigen Felder in die richtige Position zu bringen. Ein etwa zehnjähriges Mädchen, das gegenüber sass, hatte ihnen die ganze Zeit zugeschaut und gelacht. Kurz vor der Haltestelle Bethlehem Kirche sagte es zu Coric: «Darf ich mal?»

«Klar, wenn du das besser kannst.»

Die Kleine nahm den Würfel, und kurz bevor Coric und Freuler beim Tscharnergut aussteigen mussten, waren die Farben des Würfels je auf eine Seite gebracht. Sie gab ihnen den Würfel zurück, die zwei staunten nicht schlecht. Sie stiegen aus, und das Mädchen winkte ihnen durchs Fenster mit einer lässig siegreichen Handbewegung zu.

Bei Bakhtans wollte der Junge seinen Würfel erst unter keinen Umständen hergeben. Woher er diesen Würfel habe, fragte Coric. Von Farid, sagte er, der habe ihn in der Aare gefunden. Als der Junge festgestellt hatte, dass der Ersatzwürfel ein identisches Modell war, liess er sich zu einem Tausch überreden. Als ihn Coric bat, an einem Stäbchen zu lutschen, tat er das etwas irritiert.

***

Während Meili mit einer Heckenschere in der Nähe des Pavillons zugange war, fiel ihm wieder die Begegnung mit dem Flüchtling im Starbucks ein. Möglich, dass die Polizei irgendwann vom Aufenthalt dieser zwei Afghanen hier erfuhr und über kurz oder lang hier auftauchen würde, um sich ein Bild zu machen und unangenehme Fragen zu stellen. Wenn die Beamten, so dachte Meili, dieses zerrüttete Bild zu sehen bekämen, die alkoholisierte Ehefrau und vielleicht gar ihre getrennte Lebensweise, könnte die Polizei Schlüsse daraus ziehen, die ihn verdächtig erscheinen liessen. Es müsste ein Dispositiv gestaltet werden, damit im Falle eines Besuches der Polizei der Eindruck einer harmonischen, zwar langweiligen, aber intakten Ehe entstünde. Er schnitt, mehr aus Gewohnheit, Langeweile oder einem Abschneide-Tick, als dass es notwendig gewesen wäre, noch ein paar Zweige weg, steckte die Rebschere in das Holster, das auf der rechten Seite seines Gürtels befestigt war, und ging zurück ins Haus. In der Garage zog er die Stiefel aus, schlüpfte in die Filzpantoffeln und ging nach oben in die Wohnung.

Dort nutzte er die Gelegenheit – Susanne kam gerade aus dem Badezimmer –, seine Frau anzusprechen: «Ich habe den andern Flüchtling gesehen.»

«Und?»

«Er hat mich auch gesehen.»

«Ich hab ihn auch gesehen», sagte Susanne, ging ins Wohnzimmer und setzte sich in einen der Polstersessel.

«Wo?», fragte Meili.

«Oben, auf der Strasse.»

«Bis jetzt scheint er der Polizei nichts über seinen Aufenthalt im Pavillon verraten zu haben.»

«Und wenn er es noch tut?»

«Dann taucht über kurz oder lang die Polizei hier auf.»

«Ja und?»

«Dann wäre es von Vorteil, wenn sie hier nicht eine alkoholisierte Ehefrau anträfe», sagte Meili.

«Ich soll die glückliche Ehefrau spielen, um deinen Mord zu vertuschen?»

«Es war Notwehr.»

Daraufhin sagte Susanne erst mal nichts, sondern stand auf und ging in die Küche, um sich etwas zu trinken zu holen. Während sie weg war, zündete sich Meili geistesabwesend eine Zigarette an. Nach den ersten zwei Zügen fiel ihm ein, was seine Frau davon halten würde, und er drückte sie im Aschenbecher wieder aus und fuchtelte mit den Armen, um den Zigarettenrauch zu vertreiben. Es war der denkbar ungünstigste Moment, um sich wegen solcher Nebensächlichkeiten zu streiten. Als seine Frau zurückkam, schien sie vom Qualm nichts zu bemerken.

Meili war beruhigt, auch deshalb, weil sie keinen Wodka, sondern nur Wasser geholt hatte.

«Und du glaubst, wenn die Polizei kommt, meldet sie sich vorher an?»

«Ohne Durchsuchungsbeschluss kommen sie nur bis vor die Haustüre.»

«Bist du dir so sicher?», fragte Susanne.

«Woher sollen sie einen dringenden Tatverdacht haben? Ein Durchsuchungsbeschluss ist nur durch die Staatsanwaltschaft zu bewirken. Nur damit können sie rein in die Wohnung.»

«Sag mir, wenn sie sich angemeldet haben», sagte Susanne, trug das leere Glas in die Küche und ging ins Gästezimmer.

Meili stand unschlüssig zwischen Küche und Wohnzimmer und wusste nicht, was er vom Verhalten seiner Frau halten sollte. Immerhin hatte er den Eindruck gewonnen, dass sie möglicherweise bereit war, sollte die Polizei hier auftauchen, sich so zu verhalten, dass sich nicht der Eindruck von völliger Zerrüttung präsentierte.

Er ging die Treppe hinunter, zog die Gummistiefel wieder an und ging in den Garten, nahm die Rebschere aus dem Holster, machte ein paar klappernde Schneidebewegungen, schritt durch das Grundstück, obwohl er nicht wusste, was noch abzuschneiden war.

ACHTZEHN

Im Institut für Rechtsmedizin wurden auf dem Zauberwürfel verschiedene Fingerabdrücke und DNA-Spuren gefunden. Einerseits von Farid und dem Jungen, dem Coric mit dem Stäbchen die DNA abgeluchst hatte, andererseits vom Toten. Attila hatte zumindest diesen Würfel auch einmal in den Händen gehabt. Es befanden sich auch einige Fingerabdrücke und DNA-Spuren, die sich auf winzigen Hautpartikeln zwischen den einzelnen verschiedenfarbigen Kuben befanden, darauf, die nicht zu identifizieren waren. Das liess vermuten, dass die drei länger an einem bestimmten Ort beisammen gewesen waren, als Farid glauben lassen wollte.

Zusammen mit einem Dolmetscher liess sich Freuler von einem uniformierten Beamten mit dem Auto zur Halenbrücke fahren, wo er hoffte, Farid anzutreffen. Coric blieb im Büro. Er hatte Glück, Farid war im Zentrum und schlug vor, sich nach draussen zu begeben, denn drin im Zentrum schwirrten immer irgendwelche Flüchtlinge oder Betreuungspersonal umher. Das hatte Freuler eh beabsichtigt, denn er wollte, dass Farid ihm die Stelle zeigte, wo er den Würfel gefunden hatte.

Sie gingen ein Stück weit den Aarestutz hinunter, an einem Grundstück mit einem Pavillon vorbei. Farid gab Freuler nicht die richtige Stelle preis, sondern eine etwas weiter flussabwärts, wo das Ufer vom Weg aus gut erreichbar war, eine Stelle einige hundert Meter entfernt von seiner temporären Unterkunft im Pavillon. Plausibel schien es, dachte Freuler, dass sich der Würfel hier in diesen

Pflanzen, die ins Wasser ragten, verfangen haben könnte. Aber eine Erkenntnis hatte er dabei nicht, wichtiger war zu wissen, wo der Zauberwürfel in die Aare gefallen sein könnte. Davon hatte Farid keine Ahnung, und er verwies auf die Pflegefamilie Bakhtan, die mit dem Jungen sicher einige Male in der Innenstadt gewesen war. Der Junge hatte sich vielleicht, während die Pflegeeltern Einkäufe getätigt hatten, in der Nähe des Flusses auf ein Mäuerchen gesetzt, an seinem Zauberwürfel gedreht, und ihm war das Ding aus irgendwelchen Gründen ins Wasser gefallen. Während der Dolmetscher übersetzte, wiegte Freuler den Kopf hin und her. Wäre möglich, dachte er, jedenfalls gut ausgedacht. Er traute Farid nicht mehr. Etwas verheimlichte er. Besser jetzt keinen Druck aufsetzen, dachte Freuler, während er sich von Farid verabschiedete.

Er liess den Polizeibeamten samt Dolmetscher mit dem Auto allein zurück zur Polizeiwache fahren, mit der Erklärung, er wolle etwas zu Fuss gehen, um einen klaren Kopf zu bekommen. Er ging über die Brücke und schaute auf die riesige Brache mit den Karden, die auch verblüht und verdorrt noch dekorativ wirkten. Dazwischen blühte Goldrute, und an vielen anderen Stellen hatte sich der japanische Knöterich ausgebreitet. Dieses Gewächs verdrängte manchmal an ganzen Uferpartien der Aare entlang alle einheimischen Pflanzen. Mähen brachte gar nichts. Und wenn gemäht wurde, musste das Gemähte verbrannt werden, weil sich der kleinste Teil des Knöterichs zu einer neuen Pflanze entwickeln kann. Die Wurzeln dringen bis zu sechs Meter in den Boden und sind nur mit massivstem Gifteinsatz zu zerstören, wobei alle anderen Lebewesen im Erdreich getötet werden.

Freuler kam in den Wald hinein, wo er vermutete, dass sich dort ein anderer Neophyt ausgebreitet haben könnte, nämlich das dösige Springkraut, konnte jedoch auf seinem Fussmarsch bis zur Länggasse keine dieser wohlriechenden violetten Blüten ausmachen. Dafür klopfte ganz in der Nähe ein Specht. Freuler schaute in die Höhe, und tatsächlich, an einer toten Tanne voller Löcher war ein Schwarzspecht an der Arbeit, noch eines auszupicken. Das Springkraut war vielleicht schon eliminiert worden. Manchmal wurden ganze Schulklassen aufgeboten, dieses Springkraut flächendeckend aus dem Boden zu reissen. Was wesentlich weniger Aufwand benötigte als der Knöterich, weil die Wurzeln des Springkrautes nur oberflächlich im Erdreich verwachsen sind. Auch Asylbewerber waren schon für das Entfernen invasiver Neophyten in den Wald abgeordert worden, was nicht einer gewissen Ironie entbehrte. Das alles ging Freuler durch den Kopf, als er bei der Länggasse aus dem Bremgartenwald kam. Dort stieg er in den Bus und fuhr zurück zur Hauptwache.

«Und, was Neues?», empfing ihn Coric.

«Nicht eigentlich, ich frage mich nur, ob es möglich ist, dass dieser Zauberwürfel von irgendwo in der Innenstadt auf dem Wasser bis zur Halenbrücke geschwemmt werden konnte.»

«Wenn nicht?»

«Dann müsste der Würfel zumindest in der Nähe des Fundortes in die Aare gelangt sein», mutmasste Freuler.

«Oder nach dem Wehr beim Wylergut.»

Freuler staunte einmal mehr über das geografische Wissen Corics und sagte: «Dort gibt es eine Fischtreppe, wenn die Fische dort rauf- und runterschwimmen können, schafft es vielleicht auch ein Zauberwürfel, zumindest abwärts.»

«Und was weiter?», fragte Coric.

«Wir könnten die wenigen Anwohner in der Nähe der Halenbrücke mal befragen, vielleicht löst sich das Rätsel ganz einfach.»

«Du glaubst, dass sich jemand als Besitzer dieses Würfels

zu erkennen gibt, auf dem die verschiedenen Fingerabdrücke und andere Spuren vorhanden sind?», fragte Coric.

«Woher sollen sie das wissen? Möglicherweise sind die alle erst später verursacht worden, und die eine unbekannte Spur verrät uns zumindest den ehemaligen Besitzer dieses Zauberwürfels», sagte Freuler. Es klang nicht sehr überzeugend.

«Theoretisch müssten wir von allen Anwohnern beider Seiten der Aare ab dem Wylergut Fingerabdrücke nehmen – ein Ding der Unmöglichkeit.»

«Was machen wir also?», fragte Freuler.

«Feierabend», sagte Coric.

«Gute Idee.»

Es war noch früh am Abend, und Freuler schlug vor, ein Feierabendbier oder einen Kaffee zu trinken. Die Stühle vor dem «Thurm» waren gut besetzt, aber an einem Tisch waren zwei Männer im Begriff zu gehen. Eine Kellnerin kam, reinigte den Tisch, und die zwei Polizisten bestellten zwei Bier.

«Ich werde Grossvater», sagte Freuler.

«Freust du dich?»

«Ja klar.»

«Gratulieren kann ich, wenn es so weit ist», sagte Coric. «Und was meint deine Mutter dazu, sie wird ja Urgrossmutter?»

«Die freut sich natürlich auch, aber sie grämt sich etwas, weil sie die Berufswahl ihres Urenkels oder der Urenkelin kaum noch erleben wird.»

«Neunzig ist sie?», glaubte sich Coric zu erinnern, das hatte Freuler einmal erzählt.

«Einundneunzig. Und du, Petra, was macht dein Privatleben?», fragte Freuler. Er wusste, dass Coric einen Beziehungsknatsch hatte. Das hatte sie ihm erzählt, sonst hätte er nicht danach gefragt.

Die Kellnerin brachte das Bier.

«Prost! Ich wohne wieder allein.»

«Prost! Und?»

Beide nahmen einen kräftigen Schluck.

«Ich bin ganz zufrieden, kann mich voll und ganz auf die Arbeit konzentrieren», antwortete Coric.

«Dann ist ja alles bestens», sagte Freuler, obwohl er ahnte, dass sie auch darunter litt. Er konnte sich gut vorstellen, dass es mit Petra nicht immer leicht war. Es war, soviel sie ihm erzählt hatte, schon die dritte Beziehung, die auseinanderging. Ihr penetrantes Nachfragen, das A-priori-misstrauisch-Sein entsprach durchaus dem Anforderungsprofil einer Polizeibeamtin, aber ob sich das in einer privaten Beziehung positiv auswirkte? Freuler wagte das zu bezweifeln. Jedenfalls, mit ihrem Verhalten als Arbeitskollegin hatte er keine Probleme, im Gegenteil.

«Eigentlich dürften wir jetzt eine rauchen», sagte Coric.

«Eigentlich schon, und wenn wir schon im Freien sitzen, Aschenbecher ist da», bestätigte Freuler, «aber ich habe keine Zigaretten dabei.»

«Kriegst von mir eine», sagte Coric, hielt Freuler das Päckchen hin und schlug leicht an dessen Boden, sodass ein Glimmstängel herausragte, den Freuler dankbar entgegennahm. Streichhölzer hatte er dabei. Er hatte bis anhin immer ein Feuerzeug in der Tasche gehabt, hatte dieses – quasi als Bremse, um weniger zu rauchen – zu Hause gelassen. Beide nahmen erst mal genüsslich ein paar Züge und spülten mit Bier nach.

Von allen Seiten kamen immer mehr Leute, die hier draussen an der Abendsonne einen freien Platz suchten, um sich ihren Feierabendtrunk zu genehmigen. Nun setzten sich zwei junge Frauen auf die freien Stühle an ihrem Vierertisch. Sie sprachen kaum etwas. Jede hatte ihr Smartphone in der Hand, tippte auf den Touchscreen, lachte manchmal. Darauf hielt die eine der anderen Kollegin das Smartphone hin, dass die ein bestimmtes Bild betrachten sollte, dann lachten sie gemeinsam, oder die Angesprochene machte eine kurze Bemerkung wie «Cool!» oder «Mega!», um sich dann weiter mit dem Smartphone zu unterhalten. Als die Bedienung kam, bestellten beide jungen Frauen je einen Cappuccino. Freuler zahlte, Coric bedankte sich, Freuler sagte: «Nichts zu danken, ich habe ja auch deine Zigarette geraucht.»

Coric wohnte seit Neuestem im Marzili. Sie beschlossen beide, zu Fuss nach Hause zu gehen. Für Freuler gab es mehrere Möglichkeiten, nach Hause zu gelangen. Er konnte zum Beispiel zu Fuss oder mit dem Bus bis zur Nydeggbrücke und den Muristalden hoch, oder aber quer über die Aareschlaufe, beim Bundeshaus hinunter zum Marzili, dann über die Dalmazibrücke und den Weg hoch zu den Englischen Anlagen bis nach Hause zum Kollerweg. Somit strebten beiden in dieselbe Richtung nach Hause.

NEUNZEHN

Farid war im Zentrum Halenbrücke wieder herzlich empfangen worden. Trotzdem glaubte er, eine gewisse Zurückhaltung und ein Misstrauen zu spüren. Und der Besuch des Kriminalbeamten hatte ihn ordentlich ins Schwitzen gebracht. Obwohl dieser Freuler sehr nett zu ihm war, befürchtete er, irgendwann bei seinen Lügen zum Aufenthalt in diesem Pavillon ertappt und dann, wenn er die Wahrheit aufgedeckt hatte, abgeschoben zu werden oder im Gefängnis zu landen. Die anstehende Auszahlung der Sozialhilfe hatte er noch abgewartet. Und an einem heissen, ruhigen Nachmittag, nachdem sich viele Bewohner und auch seine Zimmerkumpane hingelegt hatten, packte er aufs Neue seine Siebensachen und verliess das Zentrum. Er wusste nicht, ob die Polizei der Leitung des Zentrums aufgetragen hatte, auf ihn aufzupassen.

Als er über die Halenbrücke zum Bremgartenwald ging, hatte er ein flaues Gefühl. Von hinten, dachte er, würde man in ihm einfach einen Wanderer erkennen, der so bald als möglich in den schattigen Wald gelangen wollte. Froh, dort endlich angekommen zu sein, ging er auf demselben Weg, auf dem er damals gegangen war, als er nach seiner unfreiwilligen Übernachtung den Wald verlassen hatte. Er gedachte sich an diesen Ort zurückzubegeben, weil die Stelle abgelegen war, er mit diesem Bach fliessendes Wasser hatte und sich trotzdem nicht allzu tief im Waldinnern befand. Bald gelangte er zu der Stelle, und er baute sein Zelt auf. Gerne hätte er ein Feuer gemacht. Es lag überall Holz, das aber allzu feucht war. Er hatte sich nämlich, weil er damals beobachtet hatte, wie die Waldbewohner ihren

Fisch gebraten hatten, und ihm das Wasser im Munde zusammenlief, zwei Fische im Coop gekauft, die er jetzt gerne gebraten hätte. Er schaute einmal genauer um sich und entdeckte an einigen Bäumen kleine Äste, die dürr und trocken waren. Die brach er von den Stämmen, und es gelang ihm damit, ein Feuer zu entfachen. Die Fische waren schon ausgenommen, einzig den Kopf musste er ihnen noch abschneiden. Er steckte den einen auf eine Haselrute und hielt ihn über das Feuer. Er schmeckte gar nicht übel, aber das Salz fehlte. Er präparierte den zweiten Fisch und briet und ass auch diesen.

In der Nacht ging ein Gewitter nieder, und Farid musste feststellen, dass sein Zelt immer weniger wasserdicht war. Längere Zeit konnte er so nicht hausen. Er wagte gar nicht daran zu denken, wie es im Herbst oder gar Winter sein würde. Er müsste, wenn er es überhaupt versuchen wollte, ein besseres Zelt und einen Schlafsack haben, in dem man auch bei Minustemperaturen nicht fror oder gar erfror. Irgendwann, der Morgen graute schon, schlief er ein paar Stunden.

Als Farid erwachte, wunderte er sich, dass ihn der Vogelgesang nicht schon früher aufgeweckt hatte. Obwohl jetzt die Sonne durch die Äste und Baumwipfel schien, fröstelte er, alles war klamm. Der Reissverschluss des Zeltes klemmte. Farid versuchte, den Gleiter nach oben und nach unten zu bewegen. Es ging gar nichts mehr. Aus seinem Rucksack nahm er sein schweizerisches Taschenmesser und schnitt damit die Zeltplane wütend entzwei, packte den ganzen Klumpen Stoff, der immer noch feucht war, zusammen, nahm den Rest seiner Habseligkeiten und machte sich auf den Weg dem Bach entlang Richtung Glasbrunnen. Dort stopfte er das feuchte, ausgediente Zelt in den Abfallkübel und ging der Strasse entlang Richtung Länggasse. Auf halbem Weg kam ihm der eine dieser

Waldmenschen mit einer prall gefüllten Einkaufstasche entgegen. Farid versuchte dem Mann zu erklären, dass er sich ein neues Zelt kaufen wolle, weil das alte undicht sei.

«Du musst kein neues Zelt kaufen, du kannst bei uns wohnen, wenn du willst», sagte der Mann und deutete auf sich und in den Wald hinein. Farid verstand erst nicht, doch als der Mann mit Bart ihn am Arm packte und ihn sanft in Richtung Waldinneres schob, ging er zögernd mit.

Im Revier der Waldbewohner waren immer noch der jüngere Mann und die junge Frau anwesend, die Farid vom letzten Aufenthalt her kannte. Sie boten ihm in einem der selbst gebauten, zeltartigen Unterstände einen Platz an und luden ihn zum Frühstück am Lagerfeuer ein. Erst hing Farid die feuchten Klamotten, die er nicht am Körper trug, an eine Leine in die Sonne. Dann setzte er sich zu seinen Gastgebern. Von allen Stationen, bei denen er sich gewollt oder ungewollt bisher aufgehalten hatte, fühlte er sich hier am wohlsten. Er hoffte, dass ihn die Leute im Zentrum Halenbrücke im allgemeinen Chaos, welches in diesen Zentren zumeist herrschte, möglichst lange Zeit nicht vermissen würden.

***

Meili hatte heute etwas grosszügig von der flexiblen Arbeitszeit Gebrauch gemacht und war schon zu Mittag nach Hause gekommen. Er grub die Wasserrohrzange hinter dem Pavillon wieder aus, seifte sie gehörig mit Autoshampoo ein, schrubbte sie minutenlang mit einer Bürste und spülte zu guter Letzt mit dem Hochdruckgerät den Schaum vom Werkzeug. Daraufhin hängte er es an seinen angestammten Platz im Heizungsraum. Als es an der Wand hing, hatte Meili einen kurzen Moment das Gefühl, alles sei wieder wie früher, nichts Schreckliches sei geschehen, und man könne zur Tagesordnung übergehen. Als er in die

Wohnung kam, verstärkte sich der Eindruck von Normalität: Seine Frau hatte ein Mittagessen gekocht und wartete wie eh und je mit der Schöpfkelle in der Hand darauf, dass er sich hinsetzte. Susanne hatte also begriffen, wie sie sich präsentieren sollte, falls tatsächlich die Polizei hierherkam. Sie assen schweigend. Es war fast so wie früher. Susanne hielt immer wieder inne und schaute zum Fenster.

«Was schaust du?», fragte Meili.

«Ein Mann spricht mit dem Briefträger.»

«Na und?»

«Beide schauen immer hierher.»

Meili, der mit dem Rücken zum Fenster gesessen hatte, drehte sich jetzt um. Ihm fiel jedoch kein besonderes Verhalten der zwei auf. «Keine Ahnung, mit wem er spricht. Wenn er überall einen Schwatz veranstaltet, wundere ich mich nicht, dass er immer erst kurz vor oder sogar nach dem Mittag hier auftaucht.»

«Jetzt kommt er hierher», sagte Susanne aufgeregt.

Meili stand auf, aber im selben Moment, als er das Fenster öffnen wollte, um den Typen zu fragen, was er hier zu suchen habe, entfernte er sich wieder. Dann fiel Meili ein, dass er seine Frau schon immer mal fragen wollte, was das für ein eingeschriebener Brief gewesen war, den sie damals erhalten hatte, er kam aber nicht mehr dazu. Denn Susanne war aufgestanden und aufs Klo gegangen, wo sie sich übergeben musste. Meili hörte die würgenden Geräusche. Es war nicht das erste Mal, dass er so was hörte. Bei ihrem Psychopharmaka-Konsum, verbunden mit Alkohol, verwunderte ihn das kaum. Er ging in die Garage, wo der Aufsitzrasenmäher stand, füllte etwas Treibstoff nach und fuhr mit dem Vehikel nach draussen. Der Rasen musste wieder einmal geschnitten werden. Zum Glück hatte die lang ersehnte Sonne jetzt im September endlich die Feuchtigkeit ausgetrocknet, sodass sich das Gefährt mühelos über die Wiese lenken liess, ohne im Boden einzusinken.

Nachdem er zwei Längen quer über den Rasen gefahren war, sah Meili, dass der Mann, der vorhin Anstalten gemacht hatte, sich zu entfernen, wieder zurückkam. Er blieb kurz vor dem Pavillon stehen. Meili stellte den Motor ab und stieg von seinem Gefährt. Während er zu dem Mann hinging, sagte er mit leicht aggressivem Ton: «Suchen Sie etwas Bestimmtes?»

«Nein», sagte der Mann, zückte seinen Dienstausweis und hielt ihn Meili entgegen. «Freuler, Kriminalpolizei, wir ermitteln in einem Fall in der Flüchtlingsszene, und hier unmittelbar in der Nähe ist das Zentrum Halenbrücke …»

«Ach so, ja und?», sagte Meili leicht überrascht.

«Ist Ihnen hier in der Gegend irgendwann etwas Aussergewöhnliches aufgefallen?»

Meili, der sich wieder gefasst hatte, sagte: «Was meinen Sie mit aussergewöhnlich?»

«Leute, vielleicht Flüchtlinge, die sich sonderbar verhalten haben, sich gestritten haben oder gar tätlich geworden sind.»

Meili überlegte ganz kurz, glaubte, eine gute Gelegenheit ergreifen zu können, von sich abzulenken, und antwortete: «Ja, das habe ich schon einige Male beobachtet, mir aber dabei gedacht, die Leute kommen aus Kriegsgebieten, sind traumatisiert, haben eben eine andere Art zu kommunizieren.»

«Möglich, ja, dann lass ich Sie wieder arbeiten, vielen Dank», sagte Freuler im Begriff wegzugehen, wandte sich jedoch nochmals um und sagte: «Noch eine Kleinigkeit, vermissen Sie einen Zauberwürfel?»

Meili, der sich auch abgewandt hatte, um zu seinem Rasenmäher zurückzugehen, erschrak erst, hatte aber genügend Zeit, sich zu fassen, um seinem Gesicht keinen erschrockenen, sondern einen verwunderten Ausdruck zu verleihen. «Einen Zauberwürfel? Sind das die Dinger mit den verschiedenen Farben, an denen man herumdreht und wo man die Farben –»

«Ja, genau die», unterbrach ihn Freuler, er spürte, dass der Mann die Dinger genauestens kannte.

«Nein, so ein Ding besitzen wir nicht, wäre mir auch zu blöde», sagte Meili, «wir haben ja keine Kinder. Die Nachbarn, dort nah bei der Brücke, die haben Kinder», sagte er und ging zu seinem Aufsitzer.

***

Inzwischen war auch Susanne aus dem Haus gekommen. Sie fiel auf in ihrem rosaroten Jumpsuit. Torheit schützt vor Alter nicht, dachte Freuler. Sie stand etwas abseits bei den Koniferen und schaute zu den beiden hin. Er gedachte noch einmal mit Coric hier vorbeizuschauen, um vielleicht bei dieser Gelegenheit einen Vorwand zu finden, ins Haus hineinzugelangen.

Auf dem Weg zur Halenbrücke läutete er an zwei Haustüren, hinter denen Familien mit Kindern wohnten, die jeweils bereitwillig ihren Zauberwürfel hervorkramten, also keinen vermissten. Kurz bevor der Weg unter der Halenbrücke hindurchführte, sprach er einen Mann an, der an seinem Lebhag herumschnipselte. Den fragte er nicht nach einem Zauberwürfel. Der glaubte – es sei zwar schon eine Weile her – beobachtet zu haben, wie ein Mann bei Meilis öfter vom Pavillon zum Wohnhaus gegangen war, von dem er den Eindruck hatte, es sei nicht der Hausbewohner, aber sicher sei er sich nicht, die Distanz sei zu gross, und er sehe auch nicht mehr so gut.

Freuler war der Ansicht, dass diese Art von Umfragen nicht zielführend sein konnte. Er stieg die steile Treppe zur Brücke hoch und fuhr mit dem Postauto zurück zur Hauptwache.

ZWANZIG

Anita wusste oder ahnte es zumindest, dass, wenn Max eine ganz genaue Wegbeschreibung für eine kleine Sonntagswanderung vorschlug, ein Teil des Vergnügens ein wenig Fahndung in einem aktuellen Fall bedeutete. Er verstand es jedoch sehr geschickt, die Route so zu präsentieren, dass es wie ein reiner Zufall erschien, dass man an bestimmten Stellen vorbeikam.

Anita kannte ihren Pappenheimer und wusste zumeist sofort, welches Haus, welche Strasse oder welcher Baum fahndungstechnisch für einen laufenden Fall von Bedeutung sein könnte.

Für heute hatte Freuler vorgeschlagen, von der Halenbrücke aus der Aare entlang bis zum Wohlensee zu wandern und dort vielleicht gar ein Bad zu nehmen. Diesmal konnte er kein Geheimnis daraus machen, dass dieser Weg für seinen aktuellsten Fall relevant war. Er hatte zu Hause oft von diesem Fall gesprochen.

Als sie aus dem Haus gingen, empfing sie eine herrliche Spätsommersonne, die vom wolkenlosen Himmel strahlte. Sie stiegen bei der Nydeggbrücke in den Bus. Schon jetzt waren einige Menschen in Gummibooten auf der Aare unterwegs, die sich flussabwärts treiben liessen. Im Postauto am Bahnhof gab es viele freie Plätze, und auf dem Weg zur Halenbrücke stieg kaum jemand zu.

Während Anita losging, schaute Freuler etwas länger hoch zum Asylzentrum, um dann den Fussgängerstreifen zu überqueren, wo auf der anderen Seite Anita nicht gerade ungeduldig, aber wartete. Beidseits des Weges, der den Aarestutz hinunterführte, blühten die Wiesen gelb und weiss von Hahnenfuss, Johanniskraut und roten Kuhnelken. In den Gärten der wenigen Häuser blühten die Sonnenblumen, Malven und Gladiolen.

Sie wanderten erst mal auf dem schon fast wieder staubigen Strässchen weiter. An einer Stelle, gleich nach der Gabelung zweier Wege, war immer noch gut sichtbar, dass hier ein Stück des Abhanges abgerutscht war. Zur Aare hin war das Gelände mit riesigen Gesteinsbrocken gesichert und am Strassenrand ein Geländer angebracht worden. Als sie am Grundstück mit dem Pavillon vorbeigingen, blieb Freuler einen Augenblick stehen. Meili, der Besitzer, war aus dem Haus gekommen, wohl um nachzuschauen, wer da sein Haus bewunderte, schien Freuler wiederzuerkennen und ging schleunigst wieder hinein. Freuler wunderte sich nicht, jedoch fiel ihm der Zauberwürfel ein. Weshalb, wusste er nicht.

«Was schaust du?», fragte Anita.

«Nichts, mir ist nur was eingefallen», sagte Freuler.

«Lass mich teilhaben an deinen Gedanken.»

«Ich habe gedacht, dass es mir auch gefallen würde, hier so nah am Wasser.»

«Ach so», sagte Anita mit leichter Ironie in der Stimme, weil sie Freuler nicht ganz traute. «Mir gefällt es ganz gut am Kollerweg.»

«Mir auch. Das Haus ist etwas gross für drei Menschen, da hätte ohne Weiteres noch eine Generation Platz. Und Mutter …»

«… lebt noch zehn Jahre», fiel Anita Freuler ins Wort. «Mir soll's recht sein.»

Vor einem grossen Bauernhof gackerten die Hühner, und dahinter meckerten die Ziegen. Das stattliche Riegelhaus machte insgesamt einen unbewohnten Eindruck. Ein einsamer Fischer zog seine Angel ein, startete seinen Aussenborder, machte eine abrupte Wendung, sodass die Gischt zur Seite spritzte, und fuhr resigniert flussaufwärts.

Der Weg führte eine Zeit lang vom Fluss weg in die Höhe, wo sich eine Wohnsiedlung von nach Freulers Verständnis diskussionswürdiger Ästhetik befand. Wieder unten am Fluss, neben seichtem Wasser dem Ufer entlang, wo es naturgemäss besonders feucht war, blühte das violette Knabenkraut. Beim Stägmattsteg überlegten sie erst, ob sie auf demselben Weg wieder zurückgehen sollten, sie entschieden sich jedoch, die Aare zu überqueren, und wanderten durch den Bremgartenwald zurück zur Länggasse.

***

Montagfrüh, mit etwas Muskelkater von der etwa dreistündigen Wanderung und Schmerzen in den Knien, die sich bemerkbar machten, als er den Muristalden hinabging, zog es Freuler vor, an der Nydeggbrücke den Bus zu nehmen.

In der Hauptwache angekommen, empfing ihn Coric mit einer Botschaft der Wasserschutzpolizei Hinterkappelen: weibliche Leiche in der Aare. Die Frau sei flussabwärts im Uferbereich geborgen worden. Die Strömung war hier schon sehr langsam, denn der Übergang vom Fluss zum Wohlensee war fliessend, und dem rechten Flussufer entlang hatte sich eine seichte Flusslandschaft gebildet. Die Wasserschutzpolizei hatte die Leiche zum Rowing Club beim Stägmatt-Steg gebracht.

Coric setzte sich ans Steuer, Freuler auf den Beifahrersitz. Als er den Stägmatt-Steg erblickte, sagte er: «Hätt ich gestern gleich hier übernachten können.»

«Im Rowing Club?», spottete Coric, der Freuler auf dem Weg hierher schon die ganze Sonntagswanderung geschildert hatte.

Die tote Frau war mit einer Art Overall bekleidet, es konnte sich nicht um einen Badeunfall handeln. Dass sie gestürzt oder unglücklicherweise ins Wasser gefallen war, konnte ausgeschlossen werden. Die Frau hatte sich nämlich eine grosse Wasserrohrzange in ihren Kleidern befestigt, die aber nicht genügt hatte, ein sofortiges Absinken zu verursachen. Es handelte sich eindeutig um Selbstmord. In einer Tasche des schmutzig braunen Overalls der Frau befand sich die zerquetschte leere Schachtel eines Psychopharmakons, worauf sich ein Kleber befand, auf dem die verabreichende Apotheke aufgeführt war. Es durfte also nicht allzu schwierig sein, die Identität der Toten festzustellen. Coric fand, man würde sich wundern, wie viele Menschen – in diesem Fall Frauen – in besagter Apotheke solche Medikamente bezogen. Nachdem an Ort und Stelle die notwendigen Abklärungen gemacht waren, wurde die Tote in das Institut für Rechtsmedizin gebracht.

Dort wurde später festgestellt, dass die Frau schwanger war, und zwar im zweiten Monat. Das wurde Freuler von der Staatsanwaltschaft mitgeteilt.

«Dann müssen wir den Erzeuger finden», sagte Coric.

«Vielleicht eine ungewollte Schwangerschaft», spekulierte Freuler.

«Oder auch nicht, vielleicht ist sie ja verheiratet.»

«Trug sie einen Ehering?», fragte Freuler.

«Das sei möglich, hatte die Rechtsmedizinerin gesagt», erklärte Coric, «es gibt eine kleine Delle am linken Ringfinger, aber das könne auch irgendein Ring gewesen sein.»

«Die Frau ist über vierzig Jahre alt, jugendlicher Leichtsinn wird es kaum gewesen sein», sagte Freuler.

«Dafür braucht es keinen jugendlichen Leichtsinn, was glaubst du denn?»

«Ich glaube gar nichts», sagte Freuler leicht düpiert. Und einer Eingebung folgend: «Wo sind die Kleider dieser Frau?»

«In der Kriminaltechnik», antwortete Coric.

Freuler griff spontan zum Telefon und erkundigte sich nach der Farbe des Jumpsuits der Frau. Im trockenen Zustand habe sich herausgestellt, dass das Kleidungsstück rosa sei. Nass und mit all dem Dreck aus dem Flussgrund habe dieser Overall eher braun ausgesehen. Nachdem von besagter Apotheke bestätigt wurde, dass eine Frau Meili Psychopharmaka bezogen hatte, war die Identität der Frau mit praktisch hundertprozentiger Sicherheit geklärt.

***

Am nächsten Tag um halb sieben in der Früh fuhren Coric und Freuler los. Sie mussten sicher sein, dass Meili noch zu Hause und nicht schon auf dem Weg zur Arbeit war. Als sie zum Haus hinfuhren, wollte Meili eben aus der Garage fahren. «Meine Frau ist seit vorgestern verschwunden», sagte er als Begrüssung.

«Ja, genau deshalb sind wir hier. Können wir nicht ins Haus hineingehen?», fragte Coric.

«Ja», sagte Meili, und zögerlich führte er die beiden die Treppe hoch zur Wohnung. Dort bot er ihnen Stühle an.

«Wollen Sie sich nicht setzen?», fragte Coric.

Meili liess sich in das Sofa fallen. Erst als er sass, fiel ihm ein, dass er sich ausgerechnet dorthin gesetzt hatte, wo sich seine Frau dem Afghanen hingegeben hatte, und er rückte etwas zur Seite.

«Wir haben eine traurige Nachricht für Sie …», sagte Coric.

«… Ihre Frau wurde gestern aus der Aare geborgen. So wie es aussieht, hat sie Selbstmord begangen», beendete Freuler die Ankündigung.

Meili machte nicht den Eindruck, dass er besonders überrascht wäre, wirkte aber trotzdem vollkommen sprachlos. Er schien nicht zu wissen, was er sagen, oder was er auf keinen Fall sagen sollte.

«Herzliches Beileid. Falls Sie psychologischen Beistand wünschen, können wir Ihnen jemanden vorbeischicken», sagte Coric.

«Falls Sie sich ausserstande fühlen, Ihren Arbeitgeber zu verständigen, werden wir das für Sie tun», sagte Freuler.

«Es geht schon», sagte Meili.

***

«Was meinst du», sagte Freuler, während sie zu ihrem Wagen gingen, «besteht keine Suizidgefahr?»

«Schwer zu sagen», sagte Coric und hielt Freuler ihre offene Hand entgegen, worin sich drei Zigarettenkippen befanden, die sie heimlich aus einem Aschenbecher bei Meili genommen hatte. Sie steckte sie in ein Plastiksäckchen, das sie aus dem Auto nahm, und wusch sich dann die Hände unter dem Wasserhahn, der dort an der Mauer des Hauses angebracht war.

«Hervorragend. Wer weiss, ob Meili wirklich die Ursache der Schwangerschaft seiner Frau ist», sagte Freuler. «Die DNA des Fötus ist ja vorhanden.»

***

Der Abgleich der DNA auf den Zigarettenkippen mit der des Fötus ergab, dass Meili nicht der Vater war. Stattdessen war der Abgleich der DNA des Ermordeten mit der des Fötus positiv. Also hatte Attila ein Verhältnis mit Meilis Ehefrau gehabt. Auf dem Zauberwürfel waren mit Ausnahme der DNA der Ehefrau von allen Beteiligten DNA-Spuren vorhanden. Unter dieser Beweislast brach Meili zusammen und gestand, Attila umgebracht zu haben. Seine Notwehrtheorie war nicht zu halten. Er wurde umgehend verhaftet und wegen Totschlags angeklagt.

Farids Verschwiegenheit über seinen und Attilas gemeinsamen Aufenthalt in Meilis Pavillon, weil er befürchtet hatte, verdächtigt und gar ausgewiesen zu werden, würde für ihn keinerlei strafrechtliche Konsequenzen haben, meinte Freuler.

***

Das Wetter im September blieb traumhaft und entschädigte beinahe für den verregneten Juli und August. Freuler machte eine Woche Ferien. Renate und Kurt kamen diesmal mehrere Tage zu Besuch. Einmal unternahmen sie alle zusammen einen Ausflug auf den Gurten, jedoch die meiste Zeit verbrachten sie im Marzilibad und lagen in der Sonne, die jetzt die ganze Zeit vom Himmel strahlte. Gegen Abend kamen meist Anita und Max dazu, und zusammen mit Kurt und Renate, deren Schwangerschaftsbauch bereits sichtbar war, gingen sie der Aare entlang aufwärts, um sich im Fluss zum Marzilibad zurücktreiben zu lassen.

Dank an:

Kantonspolizei Bern
Dr. Antje Rindlisbacher
Matthias Jakob, KU Viktoria
Manfred Liechti, Schauspieler

Hans Suter
BASLER FARBEN
Broschur, 176 Seiten
ISBN 978-3-95451-305-5

«Was passiert, wenn ein Satiriker einen Kriminalroman schreibt? Heisst er Hans Suter, entsteht dabei ein tiefgründiger Krimi. Suter versteht es, den Lesern einen Spiegel vorzuhalten. Der kurze Roman überzeugt mit seiner witzigen, bildhaften, leicht verständlichen Sprache und viel trockenem Humor.» Basler Zeitung

www.emons-verlag.de

Hans Suter
BERNER AFFÄREN
Broschur, 176 Seiten
ISBN 978-3-95451-824-1

«Suters satirische Seitenhiebe auf die Politgesellschaft der Bundesstadt sitzen, und das farbige Lokalkolorit stimmt. Der Ortsfremde erweist sich als erstaunlich guter Kenner unterschiedlichster Schichten der Berner Gesellschaft. Dank seiner Erfahrung als erfolgreicher Hörspielautor und Satiriker gelingen Hans Suter typengerecht griffige Dialoge.»
Berner Zeitung

www.emons-verlag.de